渡 航【WATARI Wataru】
繪者／ponkan⑧

3
three

U0027639

Contents

果然我的
青春戀愛喜劇
搞錯了。③

My youth romantic comedy is
wrong as I expected.

渡 航【WATARI Wataru】

繪者／ponkan⑧

日本小學館正式授權繁體中文版

果然我的青春戀愛喜劇搞錯了

My youth romantic comedy is
wrong as I expected.

登場人物【character】

(three)

比企谷八幡……… 本書主角。高中二年級，個性相當彆扭。

雪之下雪乃……… 侍奉社社長，完美主義者。

由比濱結衣……… 八幡的同班同學，總是看人臉色過日子。

材木座義輝……… 御宅族，夢想成為輕小說作家。

戶塚彩加…………隸屬於網球社，長相很可愛，可惜是男的。

平塚靜…………… 國文老師，亦身為導師。單身。

比企谷小町……… 八幡的妹妹，國中生。

雪屋………………比企谷家養的貓。

酥餅………………由比濱家養的狗。

《雙劍交錯，
反轉世界開始流轉》
（簡稱「交錯流轉」）

沒有使用自己的名字
這點值得嘉許。

聽說現在已經不流行
這種長標題囉！

不要還沒出書
就開始想簡稱，
看了就不爽！

【主角】足利義光

足利將軍一家之正統後繼者，足利義輝之轉生。

平常不會彰顯自身的能力，不過必要時，會毫不猶豫地拔出愛刀「影太刀」戰鬥。他的劍術習自祖父，但祖父在義光年幼時，為了保護他不受敵人襲擊而死亡。

在那之後，他為了不讓自己身邊的人遭遇危險，選擇走上孤獨戰鬥的道路。

性格相當孤傲。儘管大家不理解他獨來獨往是為了保護周圍的人，他本人並不在意。劍術居於當代翹楚，據說甚至凌駕過去的劍豪將軍。

終結戰亂的祕太刀「虛無」，可以取消敵人的技能、能力、術式。

於是敵人灰飛煙滅。

你們中二
真喜歡取消
能力。

等一下！那他
是什麼時候學
習劍術的？

【對手】布萊特·〈劍術大師〉·伍德史塔克

十七歲，最終頭目。鏡面界之首領，最強劍士。

他是義光的同位體，生於由真實世界複製出的鏡面界，對滿是虛偽的世界感到疑惑，進而開始追求自己存在的意義，獨自持劍與真實世界戰鬥。

祕劍「幻鏡的千劍閃光」（Thousand Blade of Mirage），可在一瞬間複製對方的一切技能、衛式、能力，以極快的速度回擊一千次。

在相同能力的情況下，強的一方必然在戰鬥中獲勝，是故為最強之祕劍。

於是敵人灰飛煙滅。

【使魔】那克哈爾

不起眼的小角色，容易背叛人又超級弱。

多少還算是布萊特的手下，但那也是對方看他可憐才收留他的。根本是廢物。

體型瘦小，卻喜歡打扮得俗裡俗氣，頭髮為褐色。

喜歡集體行動，吵吵鬧鬧的，總是綁著頭帶。

口頭禪是「啊～累死了～」、「不覺得臭臭的嗎」。

很快就掛了。

① 於是平塚靜點燃新的戰火

我把一疊內容亂七八糟、有如死海古卷的紙張放到桌上。

「……這什麼玩意兒？」

一大清早，我便看了一堆完全不知所云、教人退避三舍的文字。

不用說，這堆內容彷彿在哪裡看過又到處都是問題的東西，當然是材木座義輝大師使出渾身解數，為下一部作品撰寫的設定資料。不過，在推出下一部作品前，我希望他原本的作品能先開工。

這些設定怎麼看都支離破碎，才在這個階段就已出現矛盾、破綻百出。

值得稱讚的地方，只有主角是孤獨的劍士這一點。

孤獨是最美妙的一件事，真正的英雄總是獨來獨往。

這是一種強大的象徵。因為不跟人群建立關係，即代表沒有必須守護的事物。

換個角度來說，必須守護的事物正是弱點所在。舉凡歷史上的希臘英雄阿基里斯，

抑或最強的僧兵武藏坊弁慶，皆是因為弱點而戰敗。如果他們沒有弱點，在歷史上的定位想必會被改寫為勝利者。

因此，沒有弱點、沒有必須守護的事物、不建立人際關係的人才是最強的。

也就是說，我是最強的。

在材木座寫的垃圾設定中，唯有強到根本是開外掛的孤傲劍士比較實際，其餘都是垃圾。就這麼寫上評語吧，「垃‧圾」……好，完成。

我完成一項工作，心中頓時感到神清氣爽。同一時間，我的妹妹小町剛好也準備好早餐。

父母親早早便出門工作，所以客廳裡只有我跟妹妹兩人。

她披著圍裙，動作俐落地擺好我們兩人的早餐。不過我說小町啊，妳既然穿無袖背心跟短裙，就別再穿什麼圍裙啦，這樣看起來很像裡面什麼都沒穿耶。

桌上有烤成焦黃色的英式鬆餅、咖啡，以及一罐果醬。

英式鬆餅烤得恰到好處，散發出迷人的味道，配上純淨的咖啡香氣，融合成一首組曲彼此應和；色彩鮮豔的果醬則有著耀眼的光芒，整份早餐洋溢著美少女的氣息。

「我開動了。」

「來來來，請用請用～小町也開動了！」

我們合掌說完開動，開始吃起英式鬆餅。

「今天的早餐是不是很有美感？有了英式鬆餅，感覺就很英格麗緒呢！」

「……什麼英格麗緒？新的必殺技嗎？」

「不對，是很英國風的意思。」

「啊？我一直以為那叫做 British。」

「討厭啦～世界上哪有國家叫 British？」

「……英國在國際上的正式稱呼為大不列顛（Great Britain）或聯合王國（United Kingdom），而『英國風』一般都說是 British。幫妳補充一點小常識。」

「隨、隨便啦！那是和製英語（註1）！就像 GREAT 義太夫（註2）一樣！」

「……不，GREAT 義太夫並不是和製英語。

我不理會小町漏洞百出的藉口，伸手去拿煉乳。

在咖啡中加入煉乳調成 MAX 咖啡風味，稱為千葉風。順帶一提，近未來的籃球動畫則稱為 BASQUASH。

「對了，英國人的話，不是應該喝紅茶嗎？」

「小町知道。不過哥哥比較喜歡咖啡，所以小町覺得選擇咖啡能幫自己加分～」

「嗯，可能有加一點分吧。如果有這種計分方法也滿不錯的，什麼都能看得很明白。」

註1 日文裡的一種現象，以現有單字組合出原本不存在的英文。
註2 日本的搞笑藝人。

如果對方想不想要、好感度是高是低等等，都能清楚顯示出來，想必會輕鬆許多。要是能明確知道對方沒有那種意思、對自己的好感度很低，便不會有所誤解，也能乾脆地死了這條心。光是這一點，就能讓廣大的可憐男性得到救贖。

我一邊啜飲著假MAX咖啡一邊回答。小町聽了，突然把手一鬆，讓鬆餅掉到桌上，還面色蒼白地顫抖著肩膀。

「哥哥……變得好奇怪……」

「啊？」

「一定有問題！平常小町說這種話，哥哥都會不耐煩地無情反駁，但冷淡的語氣中帶有對妹妹的愛。」

「我看是妳比較奇怪。」

這傢伙未免太感性。

「好啦，先不開玩笑。」

雖然她嘴上那樣說，我卻聽不出其中有多少是玩笑話，感覺有點恐怖。如果她是從被別人冷淡對待中得到快感的變態，我還真不曉得接下來該怎麼跟妹妹相處。搞不好我會天天對她冷淡，拚命增加自己的分數。這種兄妹之間的愛情，未免太過扭曲。

「最近哥哥真的有點奇怪，感覺沒什麼活力……不對，那也是本來就這樣……啊，對了，吐槽眼睛沒什麼精神，像一條死魚嗎……不對，那也是本來就是這樣。那是

只吐一半……咦？這好像也一樣耶。嗯～～反正就是很奇怪啦！

「妳到底是在擔心我還是想損我……」

被說成這樣，真不知道妹妹究竟是愛我還是討厭我。

「不過，最近天氣很悶熱，所以眼神跟性格容易像死魚一樣腐爛吧。」

「喔喔！這句話真不錯！」

小町由衷地感到佩服，讓我有點高興，忍不住用鼻子發出「哼哼」的笑聲。不過仔細一想，她其實把我說得很不堪。

「妳想想，六月根本沒有值得興奮的地方。既沒有國定假日，雨又下個不停，天氣還那麼悶熱。明明是六月天，卻沒有半點六六大順的感覺。」

「零分。」

「喔，是……」

想不到小町的評分標準意外地嚴格。

我一臉得意地講出冷笑話，卻落得失敗的下場，心裡有種說不出的空虛。我好像多少理解平塚老師的心情了。

一想到平塚老師，我這才發現差不多得去上學了。遲到的話，肯定又要接受她的鐵拳制裁。

我把剩下的英式鬆餅塞進嘴巴，用千葉風味的咖啡沖進胃裡，然後對小町說：

「我差不多要出發了。」

「啊，小町也一起走。」

她把英式鬆餅塞進嘴裡，臉頰鼓得有如一隻松鼠，接著開心地換起衣服。不是叫妳別在這種地方換衣服嗎？

「我先去外面。」

「好～」

小町慢條斯理的回應從我身後傳來。

來到家門口，梅雨季節特有的潮溼空氣立刻附著到身上。自從職場見習之後，我好像沒再看過蔚藍的天空。

× × ×

溼溼黏黏的空氣籠罩整棟校舍。大家到校的尖峰時間更因為人潮密集，不舒服的感覺往上翻好幾倍。

「孤獨」這個字，經常讓人產生躲在陰暗角落的印象，但如果是在我的班上，則會變得正大光明。因此，我的周圍有如颱風中心，在校內形成一股晴空亂流。

若是朋友多的人，在這種悶熱的天氣裡，還得忍受被高達三十六度的蛋白質包圍，想必非常辛苦。從梅雨時期開始到夏天的這段期間，獨行俠得以享受空氣流通的校園生活，實在是愜意得難以言喻。

我在校舍門口換上室內鞋，抬起頭時，看見一個認識的面孔。

由比濱結衣腳踩鞋跟磨損的便鞋，不知該做何反應似地別開眼神。我維持看著她的視線，用往常的方式打招呼。

「早。」

「啊……嗯。」

對話到此結束。我重新背好背包，獨自踏上油氈地板，一個人的腳步聲逐漸消失在人來人往的走道上。

經過一個週末，我跟由比濱結衣之間有點尷尬的氣氛依然存在，這幾天裡並沒有任何改變，結果一回神時，我才發現已經到了星期五。

她早上不再跟我大聲打招呼，然後一起走去教室。我又回到以往平和到不能再平和的生活。

很好，非常酷，一切都回歸從前。

本來獨行俠就是不會給任何人添麻煩的存在。他們不跟別人產生關係，藉以避免造成傷害，是一種終極環保、終極樂活的純淨生物。

回歸從前之後，我的內心恢復平靜，由比濱也得以從自責中解脫，回到以往的現實充生活。這個選擇應該沒有錯，甚至可說是非常正確。

畢竟我只是救了一隻狗，根本沒有什麼需要感謝的。這一切純粹出於偶然，如

同撿起掉在地上的錢包還給失主、讓位子給老年人、之後頂多暗自竊喜：「哇！我剛才做了一件好事！我不枉為一個人，跟那些輕浮庸俗的傻瓜不同！」

她不必對那點程度的偶然念念不忘，更不必為我一入學立刻變得孤獨感到愧疚。

所以，這件事到此結束。我們只要回到以往，各自過各自的生活即可。雖然人生不能重來一遍，人際關係倒是可以，這是我的親身經歷。國中時期的同班同學，之後再也沒有聯絡……喔，那不是重來，要叫刪除才對。嘿嘿。

× × ×

枯燥乏味的第六節課結束。

我是一個認真勤奮的學生，上課時不會跟任何人說話，總是獨自默默地度過。

對了，第六節課是英文會話課，所以我勢必得跟隔壁的同學練習。不過一進入練習時間，坐在我隔壁的女生便拿出手機把玩。雖然這樣可能會被巡視的老師訓斥，不過我用了固有技能隱匿存在感，所以老師從頭到尾都沒注意到。我真不簡單。

不過，這個技能什麼時候才會解除啊……技能仍然持續發揮效果。因此，我輕手輕腳地避開大家的耳目整理好書包。難道我是間諜不成？

放學前的班會結束後，

哎呀，看來CIA遲早會把我吸收進去。要是中間出什麼差錯，換成AIC

（註3）來找我，到時候我就默默製作一部「天地無用」的OVA吧。

正當我胡思亂想時，凡夫俗子的吵鬧聲在背後擴散開來，彷彿要宣揚：「這就是青春！」

體育社的人一邊慢吞吞地準備去社團，一邊熱烈談論著學長姐和顧問的壞話。

文藝社的人嘻嘻哈哈地對彼此微笑，分享今天帶了什麼點心。

至於回家社，他們正慵懶地討論著放學後要去哪裡玩。

其中有一群人的討論特別大聲。

「今天足球社的顧問請假，真羨慕！」

我回神一看，發現包含葉山在內的七個男男女女，正圍成一圈坐著閒聊。見風轉舵的棒球社處男大岡首先發出抱怨，橄欖球社那個什麼來著的大和點頭應和，得意忘形的金髮戶部再開始貼噪。

「哇，你們今天都要乖乖去社團，那我們呢？我們要做什麼？」

「你來決定～」

「今天都要乖乖去社團！」

三浦的左手扯著電鑽狀的鬈髮，右手把玩手機，貌似對戶部說的話沒有興趣。

海老名跟由比濱隨侍在她的兩側，看來今天班上的女王陛下也有好好展現出威嚴。

戶部被賦予這項重責大任，立刻有了精神。

「啊～31霜淇淋怎麼樣？不賴吧！」

註3　「Anime國際公司」之簡稱，一間日本動畫製作公司。

下一秒，三浦「啪」一聲闔上手機。

「什麼？沒興趣。」

……不是妳自己說交給他決定的嗎？

我忍不住在心裡吐槽。獨行俠即是如此日日精進吐槽的技能。

也因為這句吐槽，我的眼睛轉向三浦那裡。

接著，跟由比濱對上視線。

「………」

「………」

我們都注意到彼此，卻不開口說半句話，只是默默觀察對方的舉動。

如果要我舉例，差不多如同在住家附近的車站等電車時，發現隔壁車門的位置站著一名同班同學。我心想：「糟糕，是大船……」對方同時也在想：「啊……他叫什麼名字……比、比企……唉，算了。」喂，不要想到一半就放棄。

對啦對啦，絕、絕對不是對方不記得我，而是我的記憶力太好。我的頭腦非常靈光，對於記別人的名字這檔事，獨行俠可是意外地拿手，八成是因為心中期待對方什麼時候會開口搭話。

要說我的記憶力有多好呢？過去我叫一個從沒說過話的女生名字時，她的表情因為恐懼而陷入扭曲，害怕我為什麼知道她的名字……呃，我的事先不說。

總之，我跟由比濱的關係，宛如一流的劍士互相尋找攻擊的時機，類似「這場

決鬥，先動的人就輸了」這樣。

後來是由三浦打破尷尬的氣氛。

「還是去打保齡球吧。」

她不知怎麼想的，提出這個建議。海老名點點頭⋯

「我懂！保齡球瓶肯定是誘受！」

「海老名，拜託妳閉嘴，還有把鼻血擦掉，好好裝個樣子。」

三浦無奈地說著，同時把面紙遞過去。

我剛為她溫柔的一面大感意外，又發現那怎麼看都是電話交友中心送的面紙，

結果一下子不知該做何感想。

「啊，我也有想到打保齡球，應該說我唯一一想到的就是保齡球！」

「沒錯吧？」

在戶部的贊同下，三浦得意地拉著那頭鬈髮。然而一旁的葉山若有所思，似乎

有其他意見。

「不過，上週也是打保齡球⋯⋯偶爾去射個飛鏢如何？」

「隼人說要射飛鏢，就去射飛鏢吧～♪」

三浦馬上改變意見。難道妳的特技是玩柾仔標不成？

「那我們走吧。沒玩過的人記得講一聲，我會教你。」

葉山起身移動，三浦、戶部、海老名跟在後面。這時，有個人還愣在原處。三

浦發現了，回頭對那個人出聲：「結衣，要走囉！妳還在做什麼？」

「……咦？啊、沒、沒有！我馬上過去！」

始終以聽眾身分參與其中的由比濱，連忙抓起書包，站起來小跑步追上。她經過我的身邊時，動作突然慢下來。

她八成在猶豫應該跟隨三浦那群人，還是要去侍奉社。

沒辦法，這傢伙就是那麼溫柔，其實她根本不需要顧慮我。

可是，雖說她用不著顧慮我，但看她不知該如何是好的樣子，還是讓我有些過意不去。

不行不行，身為一個獨行俠，絕不能帶給他人困擾。

我還是先速速離去為妙，比企谷八幡要帥氣離場囉！如果要說有多帥氣，大約如同事先把要說的話錄進錄音機裡的那傢伙（註4）。

COOL！COOL！COOL！

我盡可能不跟由比濱對上視線，悄悄離開教室。

　　　　×　　　　×　　　　×

我爬上特別大樓四樓，來到侍奉社的社辦。雪之下雪乃一如往常坐在房間深

處，臉上掛著不變的冷淡表情。

唯一的不同之處，在於她今天閱讀的不是文庫本，而是流行雜誌。真難得。

她沒穿外套，而是穿學校指定的夏季背心。說到「學校指定」的衣服，很容易讓人產生俗氣的印象，不過穿在雪之下身上，看起來反而很體面，還散發出一種清涼感。

「嗨。」

「……喔，原來是比企谷同學。」

雪之下輕嘆一聲，視線落回手中的流行雜誌。

「不要擺出換座位後坐到我隔壁的女生的反應，那樣讓我很受傷。」

不是只有學校舉辦的活動，才會大量製造我的創傷。正因為不是什麼特別的事，她們更容易說出真實心聲。太過分了。

每個月固定一次的座位大風吹，便是最好的例子。

「我明明沒有任何不對，為什麼卻變成好像是壞人似的？要抱怨的話，應該抱怨自己的運氣太差，抽籤抽到我旁邊的座位。」

「所以你還是承認自己隔壁的座位是最差的位置啊……」

「我沒有說『最差』，那是妳先入為主的觀念。」

「我向你道歉，潛意識還真可怕呢。」

雪之下對我一笑。其實潛意識做出的行為才更傷人……

「剛才我說的話也來自潛意識，所以別放在心上。我本來以為一定是由比濱。」

「喔，原來是這樣。」

雪之下那樣想也不無道理。這幾天由比濱都沒來社辦，雪之下大概很在意，認為她今天一定會來。

「前天是帶寵物去醫院檢查，昨天是家裡有事……」

她對著自己的手機喃喃念道，大概是在看由比濱傳來的簡訊。不過那些簡訊並沒有寄給我。

那麼，由比濱今天究竟會不會來呢？

她來的話，我肯定會比照早上的方式對待她。

我很清楚雙方演變到這個局面，最後將面臨什麼結果。

兩人在不知不覺中逐漸疏遠，不知不覺中失去交流，接著，在不知不覺中也不再見面。這是我的親身經歷。

從小學到國中的同班同學，都是像這樣從此再也見不到面。我跟由比濱大概也會如此吧。

社辦內一片沉默，只有雪之下翻閱雜誌的沙沙聲響。

這麼一想，最近耳根子還真是不得清淨。原本只有我跟雪之下兩人，雙方始終默不作聲，即使是開口的時間，也都是彼此罵來罵去。

雖然那不過是最近一、兩個月的事情，卻讓人感到莫名懷念。我望著社辦門口發呆，雪之下宛如看透我的心思，開口說道：

「如果你在等由比濱同學，她今天不會來喔。剛剛她傳簡訊過來了。」

「這樣啊……我、我可不是在擔心由比濱喔！」

「那是什麼語氣，真教人不舒服……」

我鬆一口氣，意識從門口移到雪之下身上。

雪之下輕輕嘆一聲……

「由比濱同學是不是不再來了……」

「妳可以去問問看啊。」

由比濱仍然跟雪之下保持聯絡，如果她去問一下，對方應該會回答。

但是，雪之下無力地搖搖頭。

「根本不用問。我問的話，她一定會說要來。即使心裡不想……應該也一樣會來。」

由比濱結衣就是這樣的人。她總是把其他人看得比自己重要，所以願意跟一個孤獨的傢伙說話，如果我傳簡訊給她，也會得到回覆。

然而，那是她的溫柔，也是她的同情。說穿了，其實不過是出於義務。但這對一個經驗值很低的男生而言，已足以讓他誤會「咦……她、她該不會是喜、喜歡我

吧」，真希望她能多少改善一點，不要那麼難以捉摸。

如果有一種軟體，可以自動把女生傳來的簡訊轉為敬語該有多好。那樣一來，我便不會產生多餘的期待……等等，這好像很有商機喔！

我妄想自己賺進大把鈔票的同時，雪之下不發一語地凝視著我。被她一臉正經地看著，我的心跳逐漸加速。好恐怖……

「什、什麼事？」

「……你跟由比濱同學發生什麼事嗎？」

「沒什麼。」

我連想也不想便回答。

「如果沒有什麼事，我不認為由比濱同學會突然不來。你們是不是吵架了？」

「沒有……應該沒有。」

雪之下的這個問題，讓我不禁語塞。

不過我沒有什麼事，我也不知道那樣究竟算不算是吵架。

我跟別人的關係，從來不曾深入到可以吵架的地步。獨行俠一向抱持和平主義，別說是不抵抗，我們根本不跟對方接觸。從世界史的角度思考，完完全全就是甘地。

我想得到的吵架，只存在於兄妹之間，但那也是小學的事，而且妹妹通常會召喚老爸，打得我HP直接歸零，結束這一回合。如果老爸不在而無法召喚，她還會

用陷阱卡讓老媽出來，所以到頭來一樣是我吃敗仗。

我會遭到一陣訓斥，然後到了晚餐時間，大家又和樂融融地坐在餐桌上，兄妹爭執到此落幕。

雪之下看我默默思考著，又再度開口：

「由比濱同學思慮不周、個性不謹慎、說話不經過大腦、擅自闖進別人的領域、會跟人打哈哈敷衍了事，而且吵得要命──」

「現在比較像是妳在跟她吵架……」

要是她本人聽到，大概會哭出來。

「請你聽我說完。她有很多缺點，不過……她的本性不壞。」

雪之下舉出那麼多缺點，實在無法讓人想像由比濱的本性不壞。不過，看雪之下漲紅臉頰別開視線，聲音還小聲到快要聽不見，便能知道那是她最大的讚美。如果由比濱本人聽到那段話，大概會哭出來──感動到哭出來。

「這些我都瞭解。我們並沒有吵架，何況雙方的關係要親密到一定程度，才有辦法吵架，所以那應該算是……」

我搔搔頭，想擠出適當的字眼。雪之下也手撫下巴跟著思考。

「……口角？」

「啊，有點類似，但不太一樣。感覺有點進入射程範圍。」

「那麼……戰爭？」

「一點都不像，而且偏離射程範圍。」

「殲滅戰？」

「妳有聽我說話嗎？越來越慘烈？她的想法真像織田信長。」

為什麼戰況越來越慘烈？越來越遠啦！」

「所以是……摩擦吧？」

「喔，沒錯沒錯。」

正是那種感覺，可以拿到魔神地圖 Lv87 的玩意兒（註5）。我念國中時，在學校打開擦身通信，結果在班上引起一陣騷動，大家都很好奇：「這個叫『八萬』的是誰？」

說真的，我希望遊戲公司不要再搞那種連線功能了。連線對戰還無所謂，但是以「三五好友一起遊玩」為前提設計的遊戲，擺明是在欺負沒有朋友的人。我正是因為找不到人擦身通信，神奇寶貝遲遲無法進化，因此沒辦法完成圖鑑。

「這樣啊，那就沒辦法。」

雪之下輕嘆一口氣，闔上雜誌。不過她表現出來的樣子完全相反，只是無奈地接受這個事實。

她不再追問，維持兩人之間的距離感。

我和雪之下跟人保持距離的方法，說不定非常相似。

註5 指「勇者鬥惡龍九」中透過擦身通信取得之地圖。

如果有什麼話題或閒談，我們是可以跟人聊上幾句，但幾乎不會觸及私人領域，絕不主動提出「你今年幾歲」、「住在哪裡」、「生日是哪一天」、「有沒有兄弟姐妹」、「父母從事什麼工作」之類的問題。

之所以這麼做有幾個可能的理由，像是我們本來便對別人沒有興趣、不想踩到別人的地雷……對了，也可能因為獨行俠不擅長問問題。沒頭沒腦地拋出那種問題，感覺也滿奇怪的。

絕不詢問個人隱私、絕不跨越紅線，劍客們即是這樣互相探測距離。

「該怎麼說呢？這就是一生一次的緣分。既然有相遇，也會有分別。」

「為什麼那麼好的一句話被你一用，只剩下消極的意思……」

雪之下不知該如何回應。但人生確實為一連串的這種緣分。在我的小學時代，班上有人在轉學前跟大家約好會寫信聯絡，之後唯獨我沒收到回信，於是我也不再寫信給他。大概是這種感覺。

君子不近危，往者不追、來者不拒，這或許是避免風險的唯一途徑……

「不過……人與人之間的關係，確實意想不到地脆弱，只要一點點小事情便能輕易瓦解。」

雪之下略帶自嘲地低喃。

這時，忽然有人拉開社辦大門，發出咯啦的聲響。

「不過，人也會因為一點點小事情而串聯起來喔。雪之下，現在還不到放棄的時

候。」

身披白衣、說著帥氣台詞來到我們面前者何許人也？原來是對我發動攻勢時一向不手軟的平塚老師。

「老師，請先敲門……」

平塚老師完全不理會雪之下的怨言，逕自環視社辦。

「嗯，由比濱已經一個星期沒來社團啦……我還以為現在的你們會靠自己的力量想辦法……看來你們果然病得很嚴重。」

總覺得老師的話中帶有佩服的語氣。

「老師，您來這裡有什麼事……」

「喔，對。比企谷，我不是跟你說過『比賽』的事嗎？」

聽到「比賽」這個字，我多少回想起自己正在跟雪之下進行一場「Robot Fight！誰能夠侍奉比較多人」的比賽，但不是機甲寶貝兵。

前一陣子，平塚老師提到她要修改比賽規則，就像遊戲公司會做的那種事情。

所以，今天她是來告訴我們新的規則吧。

「今天我來的目的，是公布新的比賽規則。」

她盤起雙手、挺直腰桿，我跟雪之下也端正姿勢，準備洗耳恭聽。

老師來回凝視我們，充分醞釀氣氛。她不疾不徐的動作，反而讓我們更加緊張，現場安靜到可以聽見自己吞口水的聲音。

接著，老師慎重地開口，打破籠罩室內的沉默。

「我要請你們互相殘殺。」(註6)

這部片最近連在星期五電影院(註7)都很少看到了。說到這個，「天空之城」每年都播一次，未免太過頻繁。我自己有買DVD，所以拜託你們改播「地海戰記」好不好？那片我還沒買。

話說回來，現在的高中生大概沒聽過那部電影。我轉向雪之下，發現她用望向路旁垃圾的冷淡視線看著老師。

老師直接承受雪之下的視線，不禁發出幾聲乾咳蒙混過去。

「咳咳、咳、嗯，總、總之！簡單來說就是『大逃殺』的遊戲規則！三強爭霸才是拉長戰鬥漫畫生命的王道！如果要說得更淺顯一點，則是《城市風雲兒》的輝夜公主篇。」

「又是令人懷念的作品⋯⋯」

「既然是三強爭霸的大逃殺，當然也可以聯手戰鬥。你們的關係不僅是對立，最

「⋯⋯老套。」

年都播一次，未免太過頻繁。我自己有買DVD，所以拜託你們改播「地海戰記」

註6　出自出自電影「大逃殺」之台詞。

註7　原名「金曜ロードショー」，日本電視台於週五晚上播放電影之單元。

好也學學彼此合作。」

原來如此。一開始先串聯別人解決麻煩的傢伙，確實是大逃殺的鐵則。

「這樣一來，比企谷同學豈不是永遠居於弱勢……」

「是啊。」

在我發出抗議和反駁前，嘴巴竟然先乾脆地承認。不過，不論我怎麼想，比賽勢必會形成我跟另外兩人對決的局面。

相對於已經大徹大悟的我，平塚老師信心滿滿地露出笑容。

「放心吧，接下來我仍會積極尋找新社員。不過，當然還是由你們拉攏新人入社。總之，你們可以用自己的力量增加同伴。上吧！以一百五十一隻為目標！」

老師說得非常有自信，不過那同伴的數目也忠實反映她的年齡，最近已經快增加到五百隻囉（註8）。

不過，要我們想辦法增加同伴……她說得還真輕鬆。

「不管怎樣，規則都對比企谷同學很不利呢。他完全不擅長拉攏人。」

「我不想被妳這種人說……」

「哎呀，你們不是已經讓一個人加入社團了嗎？不用想得太困難。」

老師這句話確實有道理，可是沒人能保證每次都能順利成功。

實際的情況是，原本進行得很順利的由比濱，現在不見人影。平塚老師似乎也

註8　指任天堂推出的「神奇寶貝」數字。

察覺到這一點，臉上的表情增添些許陰霾。

「話是這麼說，但由比濱看似不會再出現了……這也是個好機會，你們順便去尋找新社員填補人數。」

雪之下聽到這句話，驚訝地抬起頭。

「請等一下，由比濱同學並非退社……」

「她不來的話，那跟退社沒什麼兩樣。我不需要幽靈社員。」

平塚老師原本平靜的表情退去，換上寒氣逼人的眼神直視我跟雪之下。

「你們是不是搞錯什麼？」

老師並非提問，亦非提醒，而是訓誡。她以詢問之名，行責備我們的罪過之實。

我們無法回答，老師繼續說下去……

「這裡不是讓你們增進感情的俱樂部，要玩青春遊戲請去外面。我對侍奉社的要求是自我革新，不是泡在溫水裡欺瞞自己。」

「……」

雪之下緊咬嘴唇，視線瞥向一旁。

「侍奉社不是遊樂場，是正正當當的總武高中社團。而且你們也很清楚，對沒有熱忱的人抱持關心，僅限於義務教育的範疇內。既然待不待在這裡是出自個人意願，意志力不堅強的人只有離去一途。」

有熱忱、意志力……

「老、老師，我既沒有熱忱，意志力也不夠堅強，請問可以離開嗎……」

「你以為囚犯還有選擇的餘地？」

平塚老師瞪我一眼，劈里啪啦地按起手指關節。

「有、有道理……」

果然還是逃不掉……

老師稍微恐嚇我之後，重新看向雪之下。儘管雪之下的臉上沒有任何表情，她的態度仍透露出些許不滿。

老師見狀，有點傷腦筋地笑著。

「不過，確實因為由比濱的緣故，我們才得知社團人數增加，可以使活動變得更活潑。而且，再多一個人也比較容易維持平衡。所以……你們在下週一之前找出一個有熱忱、意志力又堅強的人填補社團人數吧。」

「在星期一之前找一個有熱忱又有意志力的人……要求真多……那傢伙最後會被山貓吃掉吧？」（註9）

「你真喜歡宮澤賢治……」

以上是全年級國文第三名跟第一名才會有的對話。

話說回來，時限是星期一之前的話，即使加上今天跟星期一當天，也只有區區四天而已。要在這麼短的時間內，找一個熱衷侍奉社活動，又有決心革新自己的人

入社，實在是強人所難。難道老師是輝夜姬（註10）不成？喔～～我懂了，所以這個人才一直結不了婚。我看她早晚會跟那位公主一樣，被老家的人接回去。

「真是蠻橫……」

我發出無謂的抵抗和怨言，老師咧嘴一笑。

「哎呀，真是意外。這可是我的溫柔喔。」

「哪裡溫柔啦……」

「你不瞭解也無妨。那麼，今天的社團活動到此結束。你們趕快思考維持社團人數的辦法。」

老師說完，不由分說地把我跟雪之下連同書包丟出社辦，然後「啪」一聲關上社辦大門。

她迅速把門上鎖，踩著「喀、喀」的腳步聲離開。

雪之下對她的背影問道：

「平塚老師，我再確認一次，只要『填補人數』即可對吧？」

「沒錯，雪之下。」

老師留下這句簡短的回答後離開，不過她轉過頭時，臉上帶著笑容。

我們目送老師離開，然後互看彼此。

<hr>

註10　《竹取物語》中的公主，她向前來求婚的人提出非常困難的要求，達成者才能跟她結婚。

「好啦，我們該怎麼填補人數？」

「不知道，我也沒有邀請過別人，但我多少想得到誰有可能願意加入侍奉社。」

「誰？戶塚？一定是戶塚對不對？」

在我猛烈的「戶塚攻勢」下，雪之下有些瑟縮。

「不對。雖然他可能也願意加入，不過還有更簡單的方法吧？」

除了戶塚之外，我完全想不到其他人選。真要說的話，我滿腦子都只有戶塚。

雖然雪之下這麼說，但我想不到我們還能向誰開口。即使絞盡腦汁，頂多只能想到葉山隼人這個世間少有的真正現實充。也對啦，如果我們拜託他，他說不定願意幫忙，可是那樣跟「有熱忱、意志力堅強」的條件不合。我實在想不到其他任何人了。什麼？材木座？這名字真罕見……所以，那是誰？

雪之下見我已經想不出什麼名堂，輕輕地嘆一口氣。

「你還不懂嗎？就是由比濱同學啊。」

「啊？可是她已經不來啦。」

她撥開披在肩上的長髮，用堅定的眼神看我，神情中沒有半點先前顯露的放棄。

「那又怎樣？讓她回來不就好嗎？平塚老師也說，我們只要補滿人數即可。」

「嗯，或許吧……」

確實，我們只要把人數補滿，便算是達成老師的要求。但現在的難題在於，由比濱究竟有沒有熱忱。如果我們不提升由比濱的動力，她連侍奉社的社辦都不可能

踏進來。

雪之下大概也明白這點，手抵著下巴思考。

「⋯⋯反正，我先想想看讓由比濱同學回復原本樣子的方法。」

「妳真有熱忱。」

她聽到我這句話，自嘲地笑起來。

「是啊⋯⋯最近我才發現，其實這兩個月裡，我還滿樂在其中的。」

「⋯⋯⋯⋯」

此刻的我絕對是震驚地張大嘴巴。雪之下竟然會說出這種話⋯⋯

她見我沒有回應，似乎也不好意思地臉紅。

「怎、怎麼？突然露出奇怪的表情。」

「啊，沒有，沒什麼。我哪有露出奇怪的表情？」

「明明就有。」

「才沒有。」

「更正，你現在就是一副奇怪的表情。」

她跟我道別後，踏出腳步離去，而且側臉不再是先前的沉悶，而是平時那副大膽自信、專屬於雪之下的表情。

②

果然我跟戶塚彩加的青春戀愛喜劇沒有搞錯

接到平塚老師蠻橫命令後的二十分鐘，我人在腳踏車停放處，不知該何去何從。

如同雪之下所言，想辦法重燃由比濱的熱忱、讓她回到侍奉社是最快的方法。

我對由比濱回歸侍奉社也沒什麼意見。反正我早已按下重設鈕，現在應該可以跟她保持適當的距離，接下來只要好好維持即可。

那麼，該如何重新燃起由比濱的熱忱呢？

我們不可能因為老師的一句命令，便拿繩索套住由比濱的脖子硬拉她回來。即使拜託她回到侍奉社，我們也無法回到過去的關係。

──該怎麼辦才好？

我暫且佇足思考。

然而……我還是得不到答案。該道歉嗎？可是，我並沒有做錯什麼啊……

我跟小町吵架時，事情總會在不知不覺中解決。這次能不能也像那樣，在不知

不覺間煙消雲散呢？

我苦著一張臉搔搔頭，這時，突然聽到有人呼喊我的名字。

「八幡？啊，果然是你。」

我回過頭，發現戶塚彩加在耀眼的夕陽餘暉下，露出靦腆的表情。他光是站在那裡，空氣中的塵埃便化為光的顆粒——戶塚簡直是天使！

有那麼一瞬間，我的心神差點被他奪去，但我還是盡可能保持沉著。

「嗨。」

「嗯。」

「嗨，嗨。」

戶塚學我舉起一隻手打招呼。他大概覺得自己的動作略顯生硬，因而不好意思地露出害羞的笑容。不行了！他真是太可愛啦！

「八幡也要回家了嗎？」

「嗯。網球社的活動結束啦？」

還穿著運動衫的戶塚背好網球拍，稍微思考一下後搖頭。

「還沒結束，不過我今天晚上要上課，所以提早離開。」

「上課？」

我想，像戶塚這麼可愛的人，如果去沖繩藝人訓練班之類的地方上課，一定能夠成為偶像。好，等你發片我會包下一百張！拿走裡面的握手券後，再把唱片轉手出去。

「嗯，是網球課。因為社團活動把重點放在基礎練習上。」

「喔……看來你練得很勤快呢。」

「沒、沒有那麼厲害啦……因為……我很喜歡。」

「咦?抱歉，請你再說一遍。」

「嗯……沒有那麼厲害啦。」

「不是，是下一句。」

「……因為我很、很喜歡。」

「OK，這次聽清楚了。」

我在內心按下X鍵，把剛才聽到的話深深烙印進腦海中。

接著，我呼出一口幸福的氣息，戶塚則不解地歪著頭，不懂我在做什麼。總而言之，我已經達成目的，Mission Complete。

「啊，沒事沒事，抱歉。你剛剛說要去上課，所以現在要過去了嗎?那麼再見。」

我輕輕對戶塚揮手，跨上腳踏車，準備踩下踏板。這時，背後出現一股相反的力道。我回頭檢查是不是鉤到什麼東西，結果發現是戶塚抓著我的上衣。

「其實……我的課是晚上才開始，所以還有一點時間……而且地點在車站附近，很快就能走到……不對，重點不是這個……要不要一起去玩一下?」

「咦……」

「如果你有空的話……」

對方都已這樣開口，我想應該沒有人狠得下心拒絕。即使我晚一點還有打工，也百分之兩百會跟老闆請假，然後因為尷尬得待不下去，而辭掉打工不幹。

如果換成女生來邀約，要做的第一件事是環視四周，檢查有沒有人在監視這場處罰遊戲。檢查完後，不論打不打算接受邀請，為了保險起見都要拒絕。

不過，戶塚是男生。

⋯⋯是啊，他是男生。

唉，可惜他是男生。為什麼我可以感到如此安心呢？

受到戶塚溫柔對待，不必擔心產生什麼誤解，也不會在衝動之下脫口告白，接著被對方拒絕而遭受重大打擊。話說回來，當我說出跟男生告白這些話的時候，便已受到這個社會狠狠打擊。

既然如此，我根本沒有理由拒絕。

「走吧，反正我回家也只會看書而已。」

我在家裡的生活乏味到嚇死人的地步。看書、看漫畫、看預先錄好的動畫、打電動，覺得膩了便念點書。偏偏這些事也讓我快樂得不得了，真是難以抉擇。

「這樣啊，太好了，那我們一起去車站吧。」

「要上來嗎？」

我輕拍腳踏車的後座。

兩個男生共乘一輛腳踏車的光景隨處可見，不是什麼新奇的事。所以就算戶塚

坐上來，用雙手環抱住我的腰，跟我說「八幡，你的背好寬喔」，也不會有任何不自然的地方。

但戶塚搖頭拒絕。

「不、不用啦，我那麼重……」

不管我怎麼看，你都比那一群女生還要輕吧——我很想這麼說，但只是應一聲「喔」，因為戶塚不喜歡別人把他當成女生。

「雖然到車站那裡有點距離，但我們用走的過去吧。」

他害羞地露出微笑，走在我的前方帶路。

一路上，戶塚不時仰頭打量我。三步一看，五步一看……不，你用不著擔心，我會好好跟著你的。

我們默默走著，轉過薩莉亞旁邊的公園，走上通往天橋的路。

這是一段酸酸甜甜的時光，有如剛交往的國中生情侶不斷看著彼此，卻一再錯過開口的時機。我覺得自己好像緊張到快要往生了。

橫跨國道兩側的天橋分為兩層，上層供汽車行駛，下層供行人使用。迎面而來的風吹散車輛的廢氣，將涼爽的空氣送至陰涼處。

「好舒服喔，八幡。」

戶塚這麼說著，從比我高五級階梯的地方回過頭來，清爽的笑容充滿初夏風情。我好想以ｊｐｇ檔將這幅景象收藏起來。

「是啊，用來午睡剛剛好。」

「八幡，你下課時間都睡那麼多了，還覺得不夠嗎？」

他輕笑一聲，索性把下課時間拿來睡覺。但事實並非如此，我只是因為沒有聊天的對象，也沒有什麼事情好做，索性把下課時間拿來睡覺。

「西班牙人也有午睡的習慣。午睡可以趕走睡意跟疲倦，提升下午的工作效率，聽說這在他們國家的公司是很正常的事。」

「喔，原來八幡是認真規劃過才選擇午休的。」

「嗯，這個嘛……算是吧。」

我當然沒有半點那種打算。想不到自己隨口瞎掰的內容，戶塚那麼輕易便相信，反而有種算盤被打亂的感覺……不知該說是我很受他的信賴，還是他太好騙。

我想應該是後者，他將來搞不好會被不安好心的男人拐走，真令人擔憂，得好好守護他才行！

穿越天橋後，距離車站已經不遠。我們以不變的速度，走在這條筆直的道路上。

當車站進入視線範圍後，戶塚的腳步略微趨緩，看來他不知道接下來要往哪個方向走。

「你想去哪裡？」

「嗯……有沒有可以在短時間內排遣鬱悶的地方……」

「你覺得……壓力很大嗎？」

為什麼我的心裡湧起強烈的罪惡感？說到這個，我們家剛養貓的時候，我因為太關心牠，反而讓牠的身上出現圓形禿，大概是因為那個原因，牠才會到現在都不肯親近我。看來太關心自己的寵物，反倒會讓牠們壓力太大。所以我對待戶塚時，也應該多加留意。

「啊，其實不是我……」

「雖然我不太清楚，不過要排解鬱悶，應該是去ＫＴＶ或遊樂場吧？」

「要選哪一個？」

我稍微思考一會兒。

戶塚下不了決定，轉而問我的意見。

「我到底在幹什麼……」。

ＫＴＶ跟遊樂場都可以排遣鬱悶。一個人拚命點歌，扯開嗓門放聲嘶吼，讓身體流點汗確實不錯。但是連續唱上五首，喉嚨跟精神都會消耗殆盡，若店員在這個時候送來飲料，那種尷尬實在是難以言喻。再說，唱完離開以後，還會強烈地後悔。

至於遊樂場，也有相當不錯的解悶效果，但格鬥遊戲區一向是老玩家的天下，一般人去玩，只會被打得落花流水。益智問答遊戲便滿有意思的，尤其網路連線對戰儼然成為現在的潮流，玩家甚至可以跟全國的挑戰者一起比賽。一路過關斬將，並且低聲嘲笑「哼，這群無知的傢伙」，實在是一件痛快的事。或是玩上海麻將，挑戰制霸萬里長城，然後回過神時，發現時間已經過過三個小時，真是最棒的浪費時間

方式。此外，玩完離開後，那種「我到底在幹什麼……」的感覺也非常美妙。

現在的問題在於，不論我們選擇去哪裡，最後註定都會變成「我到底在幹什麼……」。

KTV跟遊樂場，今晚你要選擇哪一邊──此刻的我，正面臨料理東西軍般的終極抉擇。不過這裡不愧是千葉，早已備妥這種時候專用的解決方案。

「去『姆大陸』如何？兩種願望都可以滿足。」

「姆大陸」算是綜合型娛樂中心，不僅有KTV、遊樂場，甚至還有保齡球場、撞球台、居酒屋。不過也因為那個地方非常熱鬧，容易聚集各式各樣的人，要去的話記得保護好自己。

「嗯……那麼就去姆大陸吧。」

在戶塚的催促下，我把腳踏車推過站前圓環，停到姆大陸的腳踏車停放處。

我們先搭電梯去遊樂場逛逛。

一踏進大廳，遊戲機台的音樂便像洪水般席捲而來。不到一秒鐘的時間，我們已置身在截然不同的世界──五光十色的燈光、裊裊升起的香菸煙霧、不輸給高分貝音樂的歡笑。

首先出現在我們眼前的是一排夾娃娃機。

我一看到情侶一邊興奮地叫著，一邊操縱機械手臂，立刻產生掉頭走人的衝動。可惡！不良分子們在做什麼？趕快來找他們的麻煩好不好！然後員警再來現場

關切，把兩邊的人通通帶走。

情侶檔中的男方似乎跟夾娃娃機陷入苦戰，還請店員代為移動裡面娃娃的位置。聽說最近甚至可以請店員代為夾取，想不到已經簡單到這種地步。

我們從旁邊經過，來到電動遊戲區。

「哇～好驚人……」

戶塚忍不住發出驚呼。

這景象我早已經看慣，對戶塚來說卻相當新鮮。

我們的前面是格鬥遊戲，往裡面走是解謎遊戲跟麻將機台，射擊遊戲夾在兩者之間，右手邊是卡片遊戲。其中以卡片遊戲的機台最受歡迎，格鬥遊戲跟麻將的生意馬馬虎虎，益智問答遊戲只有小貓兩、三隻。不過，射擊跟解謎遊戲倒是不容小覷，有時候會出現超強玩家打出高得離譜的分數，引來一群圍觀人潮。

「八幡通常都玩些遊戲？」

「嗯……益智問答跟上海麻將。」

脫衣麻將這種遊戲我當然說不出口。

若要挑一個兩人都能玩的遊戲，還是益智問答類最安全。

我最常玩的QMA（註11）位於格鬥遊戲區旁邊。

「在這裡。」

由於附近的聲音實在太大，我還加上手部動作向戶塚示意。戶塚點頭，抓著我的制服衣襬跟過來。嗯……想必他是因為第一次來這裡，害怕迷路才這麼做吧。一定是這樣，根本沒有什麼好奇怪的，非常自然！超級自然！

我們正要通過格鬥遊戲區時，突然發現一個人穿著相當眼熟的大衣。那個人不可一世地盤起雙手，露出手臂上的力量護腕。每當他故意發出「呵、呵、呵」的笑聲時，綁在後腦杓的小髮髻便跟著搖晃。

他跟好幾個人一起站在某位玩家的身後，不時交頭接耳發出笑聲。

「八幡，那好像是材木——」

「你認錯人了。」

戶塚用驚訝的表情問我，我趕緊打斷他的話。

雖然我看過那個人沒錯，但我不認識他。

我認識的那個人，不可能像那樣跟人談笑風生，畢竟那傢伙根本沒有朋友。

「是嗎……我還以為是材木座同學……」

「啊，戶塚，不可以說出名字！」

「嗯？好像聽到有人呼喚我……什、什什什什麼！這不是八幡嗎？」

……被發現了。

獨行俠有一種特性，就是對自己的名字非常敏感。平常不太有人叫他們的名字，因此偶爾被叫到時，反應相對地會格外誇張。這是我的親身經歷。太過驚訝

的話，甚至會出現「是、是滴」這種回答。真的要說，便如聽到「下一站，市谷

（註12）」時，我便會在下意識地立刻回應。

「想不到會在這種地方碰面。你來這裡做什麼？這裡可是戰場，只有做好戰鬥覺

悟的人才能踏進來。」

「我只是受戶塚的邀請才來。」

我不隨材木座的裝模作樣起舞，直接予以忽略，結果他露出有點難過的表情，

一點都不可愛。

「那麼八幡，你來這裡有什麼事嗎？」

「沒有，來隨便玩玩。」

「什麼！等等，戶塚氏也一樣嗎？」

「喔？兩位且慢。」

「是、是的……」

材木座大吃一驚，誇張地睜大雙眼看向戶塚，戶塚嚇得躲到我背後。

材木座泛起令人不舒服的笑容，小跑步離我們而去，看來他是要跟剛才一起聊

天的人道別。

不到一分鐘的時間，他便咻嚕嚕嚕地喘著大氣回到這裡。

「好，我們走吧。」

註12　日文為「ichigaya」，音近「比企谷（hikigaya）」。

「我們又沒有邀請你……」

材木座在不知不覺中決定跟我們一起行動，不理會我委婉的抗議，逕自

「吁……呼……」地喘氣，不停用袖子擦汗。

「對了，剛才那個人是你的朋友嗎？」

「不，是聖靈眾（註13）。」

「我不是問你怎麼稱呼他。」

「嗯？我不是說怎麼稱呼啊，他的名字叫做『獵犬亞修』。」

「真難聽……」

「他在『鐵劍』這款遊戲中將對手徹底打趴，對方一生氣便對機台拳打腳踢，還拿菸灰缸砸人。他漂亮地接住菸灰缸，因而讓對方更不爽，結果被教訓一頓。他的名字就是這樣來的，在姆大陸算是老玩家。沒人知道他的本名，大家都是用『亞修先生』稱呼他。」

「喔，這樣啊。」

哇，這搞不好是我截至目前得到最為沒用的資訊。我完全想不到自己有什麼機會，可以把亞修先生的名稱由來拿出來炫耀。

「那麼，『聖靈眾』是什麼？」

戶塚提出一個我也想問的問題。不過若讓材木座解釋，他八成會以我們理解那

些專門用語為前提。反正我也不打算知道得太詳細，隨便聽聽就算了。

「『眾』指的是玩同一種遊戲的一群人，可以接在遊戲名或地名之後，例如『千

葉眾在聖靈眾裡也特別垃圾』。」

千葉眾是垃圾喔……千葉眾，我喜歡你們！主要是喜歡千葉這個部分。

「嗯……所以算是聖靈眾？」

「不，是聖靈眾。」

「這樣就不算是朋友嗎……」

跟材木座講話還真累。明明都是日本人，卻聽不懂對方的日文，這到底是怎麼

回事？話說「聖靈眾」是哪一國話？那不是從眾人的「眾」而來的名詞嗎？算了，

總之那是用來指稱一個集團的名詞吧。

材木座聽到我的問題，便稍微思考一下。

「嗯，到底算不算朋友啊……我們見面會聊天，平時會傳即時訊息，也會一起遠

征其他縣市……但我不知道他的本名，也不知道他做什麼工作，聊天都是聊遊戲跟

動畫的內容……你覺得我跟亞修到底算不算是朋友？」

「現在是我在問問題耶，學校沒教你不要用問題回答別人的問題嗎？」

「唔，與其說是朋友，說是『格鬥遊戲的同好』似乎更適合。對我而言，這種人

比朋友更值得信賴。」

「格鬥遊戲的同好……這樣還滿好理解的。」

我有點欣賞這種表達方法，可以排除「朋友」這個字的曖昧。

世上有許多名詞用功能來說明，會比大談戀愛或愛情云云，直接說是互助關係、A

以「結婚」這個例子來說，與其大談戀愛或愛情云云，直接說是互助關係、A

TM、要面子、想繁衍後代會更容易明白。

不過，說成ATM好像也太狠了。

「沒錯吧，所以我跟八幡算是體育分組眾。」

「咦？是這樣嗎？」

這種說法未免太難聽，我不喜歡。那等同於「體育分組眾在總武高中眾裡也特別垃圾」。

「咦？是、是這樣嗎？」

「那麼，我跟八幡上體育課也是在同一組，所以算是體育分組眾囉？」

不過，我很慶幸材木座表明我們不是朋友，至於體育分組眾則是不得已的。

我跟戶塚不算是朋友……真令人震驚。

等一下等一下，如果不是朋友，代表有可能成為戀人。好，沒問題！不對，這問題可不小。

「不過，透過打電動增加認識的人，感覺很厲害呢。」

「唔？是、是嗎？」

材木座聽到戶塚的話，內心出現動搖。

「是啊，這點的確滿厲害的。原來打電動並非我想像的那麼孤獨。」

「那是錯誤的觀念。格鬥遊戲也會舉辦一種叫做『激鬥』的全國團體大賽，比賽過程相當熱血。過去還有戰士們為了病倒的遊戲夥伴，團結起來拿下冠軍的事蹟。當時整個會場陷入一片沸騰，連我這種人都忍不住流下淚水。」

「聽起來很像甲子園。」

「嗯……類似吧。」

想不到他也有屬於自己的交流圈。

「哇～～聽起來好棒。」

見到戶塚拍手稱讚，材木座便得意起來。我們這群獨行俠有個壞毛病，一旦談到自己擅長的領域，便會打開話匣子發表長篇大論。

「沒有錯！不只是格鬥遊戲，電動是一種很棒的東西。首先是一群人聚集起來製作遊戲，接著出現另一群喜歡那個遊戲的人，他們當中又產生製作下一代遊戲的人。你不覺得這種循環很美妙嗎？總有一天，我也會成為製作遊戲的那些人。」

「喔？材木座同學的目標是製作遊戲嗎？好厲害！」

「嗯，沒錯，唔哈哈哈哈哈哈哈！」

「咦？奇怪？」

「那你原本成為輕小說作家的目標呢？」

「喔，那個啊，我放棄了。」

竟然毫不遲疑地這樣回答。

「為什麼突然……」

「唔，畢竟輕小說作家屬於自由業，得不到任何保障，也不見得能長期持續下去。最重要的是，要是我不寫出東西便賺不到錢。這一點真的很麻煩。如果是在遊戲公司工作，只要能夠進去便可以領薪水。」

「你真是個徹頭徹尾的人渣……」

「啥？這種話輪不到你來說！」

沒錯，那跟不想工作的家庭主夫是半斤八兩。

「不過，你會做遊戲嗎？」

「所以我要成為遊戲的劇本家，這樣便能充分發揮自己的創意跟文筆。我可以過著不愁吃穿的日子，然後用公司的錢做自己喜歡的東西！」

「這、這樣啊……請好好加油……」

我頓時覺得，一切怎麼樣都無所謂了。儘管只有短短一瞬間，但我竟然認真思考過這傢伙的未來，真是個大白痴。

「話說回來，八幡，既然你們來這裡遊玩，就由我當東道主提供導覽吧。你們想玩什麼？」

看來這裡算是材木座的地盤，他突然變得很有精神。不過，雖然他說要提供導覽，但我們只要張望附近一圈，大概便能知道哪裡有什麼東西，所以他完全是多管

閒事。

「啊，我想試試看拍貼機。」

戶塚同樣張望著四周，然後指向左後方大老遠處的拍貼區。

「八幡，你要拍大頭貼嗎？」

「為什麼……那裡不是寫得很清楚，專門給女生跟情侶玩嗎？」

據說拍貼區一向不歡迎男生進入，只接受女生或情侶入場。這種歧視政策根本是現代版的種族隔離，聯合國應該盡速出面處理。

現在我們是三個男生，不符合任何一項條件。

「是、是沒有錯……不過，偷偷地進去不行嗎？」

「呃，也不是不行……」

唉，被戶塚這樣拜託，我還真的很難說不。

「哇哈哈哈哈哈！八幡，不用擔心。我不是說這裡由我作東嗎？只要有我出馬，便能通通搞定。」

「咦？真的可以嗎？你真行耶！果然是這裡的熟客，感覺超可靠的。」

看來他在這間遊樂場不是混假的。能夠讓店員產生印象，不覺得很厲害嗎？真不愧是材木座！

「包在我身上，跟我走！」

在材木座的帶領下，我們往拍貼區前進。他走起路來威儀堂堂，完全不會讓人

感到一絲不安。那即是所謂的王者風範，真不愧是材木座！

於是，我們來到拍貼區前面的櫃檯。

「客人，你們要做什麼？一群男生進去不太好喔。」

「唔！啊，呃……抱、抱歉……」

十之八九如我所料，他被態度輕浮的店員悍然擋在外面。真不愧是材木座！

「果然……」

「……啊哈哈，沒辦法呢。」

一切的發展都在預料範圍內，所以沒什麼好驚訝的。

我跟戶塚對望一眼，然而，下一秒突然出現奇蹟。

「哎呀，抱歉，妨礙你們了。來，請進～」

店員大哥維持輕浮的口氣，用力把材木座趕到外頭，然後讓出道路放我們進去。材木座被送出去時毫無抵抗，如同一隻被拎住脖子的貓。

「為、為什麼？」

戶塚眨著大大的眼睛感到不解，我想原因肯定在於他的外貌。

「……不知道。反正他都讓我們進來了，走吧。」

「嗯，好……」

他帶著困惑的表情跟上來。

這裡的拍貼機五花八門。老實說，每一台都閃閃發亮，宛如經過濃妝豔抹，飄

散出「美」啊、「華」啊、「蝶」啊、「麗」啊之類的意象，像極了新宿的歌舞伎町。

而且，一堆貌似模特兒拍的大頭貼印在簾子和機身上，可能是要當成示範用的。不過大家全部長得一模一樣，太可怕了。

為什麼這些女生都長同一個樣子，只能用髮型跟衣服當作區別的標準，該不會是真人模子吧？

「天啊……一堆蕩婦……」

跟這些人相比，不僅是由比濱，連三浦那傢伙都顯得清純。這裡是「你所不知道的世界」（註14）嗎？太可怕了。

「嗯～～這個好了。八幡，你覺得如何？」

「……喔，好啊。」

戶塚鑽進拍貼機後，認真閱讀操作說明。

說實話，其實挑哪個機器都無所謂。

「嗯……選擇背景……然後，好像要站到這裡。」

他拉著我的手後退幾步。

「咦？什麼？開始了嗎？現在要做什——哇！好刺眼！」

閃光燈毫無預警地亮一下。搞什麼？太陽拳不是天津飯才會的招式嗎？難道孫悟空跟拍貼機也會？

註14 日本的靈異節目。

『再來一張～』

不搭調的合成語音之後，又是一連串的閃光燈亮起。天津飯，招式借我一用！

『完～成～接著到外面畫些塗鴉吧！』

我們掀開布幕，來到供人塗鴉的地方。畫面上出現倒數計時，提醒還剩下多少時間可用。

「塗鴉……要畫什麼好呢？」

「先看看照片。哇！這是什麼？靈異照片？」

戶塚一打開畫面，立刻嚇得抓住我的手。哎呀，嚇我一跳。

我努力克制劇烈的心跳，仔細觀察戶塚口中的靈異照片。裡面的確有半張男人的臉，散發出哀怨的氣息。

這不是材木座嗎？

我掀開布簾檢查一下，看到那傢伙蹲在下面。

「啊，什麼嘛，原來是材木座同學……太好了～」

「你在搞什麼東西……」

「哼，我刻意匍匐進來，以免被店員發現。看到你跟戶塚氏相處得那麼融洽，我就萌生自己也入鏡、破壞你們照片的念頭。怎麼樣？因為我從中作梗，你美好的回憶變成遺憾的回憶啦！」

「你自己說出這種話，不覺得很可悲嗎？」

「呵，在畢業旅行後大家購買照片時，我便嘗過這種程度的悲哀。那些女生光是看到我同樣在照片裡就哭出來呢。」

哇～原來這傢伙也有這麼大的地雷……

「嗯，那個……該怎麼說呢……抱歉，材木座。」

「沒什麼，不用在意。」

儘管他嘴巴說「不用在意」，還是偷偷拭去眼角的淚水。他本身並沒有錯，錯的是販售照片這件事。

「販售照片這件事充滿不好的回憶，應該趕快廢除才對。而且，被其他同學發現自己偷偷買了喜歡的女生照片時，還會被他們討厭。」

「……沒、沒錯，連我都不敢恭維！」

「八、八幡……從現在開始，我們一起創造許多回憶吧！我會努力抽出時間跟你在一起的。」

戶塚拚命安慰我。有、有那麼奇怪嗎？對國中生來說，應該很平常才是吧……

不知不覺間，塗鴉時間已經結束，我們的大頭貼也印出來。

「皮膚好白……」

「修得真誇張……」

「嗯，閃閃發亮的八幡也很嚇人……全身都散發出光芒，眼神卻那麼混濁……」

沒辦法，被閃閃發亮的八幡也很嚇人，被閃光燈照那麼多次，想要不曝光過度也難，連臉被切掉一半的材木

座都出現美白效果。至於戶塚，他甚至展現出連旁邊那些一模特兒都黯然失色的美少女姿態。

「來，這是八幡的份。」

戶塚俐落地把大頭貼切成三份，把其中一份拿給我。

「然後這一份給材木座同學。」

「喔？喔喔？我也可以拿嗎？」

「咦？可以啊。」

戶塚露出比大頭貼上更燦爛的笑容。材木座看了，不禁眼泛淚光。

「唔，那、那我就收下。」

材木座小心地接過大頭貼，滿心歡喜地看著照片。

我也看向自己手中的大頭貼。

裡面只有三張照片畫上塗鴉，看來是在時間結束前勉強畫上的。

其中一張是戶塚圓圓的筆跡寫著「體育分組眾」。他似乎很喜歡這個字眼……

另一張寫著「好朋友」。

「嗯，雖然我跟八幡算不上是好朋友……」

「是啊，的確不是好朋友。」

「是嗎？我倒覺得你們很要好啊。」

戶塚不解地歪著頭。

「沒這回事。真要說的話，我屬於《Ribon》派。」（註15）

「對啊，原作的結局打中我的心。」

「沒錯，《玩偶遊戲》真的很棒……」

「什麼？動畫才更出色吧。」

我跟材木座相互啒舌一聲，誰也不讓誰。

「啥？」

「喔？喔？」

兩人瞪著彼此，進入備戰狀態。

這時，一旁的戶塚發出笑聲。

「你們的感情真的很好呢。」

「啊？哪裡好……」

「哼，也罷！」

「算了，看在戶塚超可愛的笑容份上，我姑且原諒你。我星期一會把原作借給你，看完後記得寫一篇檢討報告。」

「哼，我也會把DVD拿給你，你也要好好寫一份報告。」

材木座又發出「哼」的一聲別開臉，把大頭貼收進自己的錢包。

「真是的，結果只畫了兩張。要不是八幡在那裡吵吵鬧鬧，便能把塗鴉全部畫

註15 講談社發行的《好朋友》和集英社發行的《Ribon》，是日本兩大少女漫畫雜誌。

完。為了賠罪，你下個月的體育課一定要選排球啊！否則我會沒有伴。」

「我也不想跑步，本來就打算選排球……咦？兩張？」

不只兩張吧？我正要檢查自己拿到的大頭貼時，戶塚拉了拉我的袖口。

我轉過頭，看見他把手指放在嘴唇上，示意我不要多說話。

我偷偷打開手掌，發現最後一張有塗鴉的大頭貼上，寫著「八幡　彩加」，實在有點難為情。

不行，我現在的臉絕對漲得通紅，糟糕！

「喔，你要去上課了嗎？」

「啊，已經這麼晚了，差不多該……」

「咦？」

「那我先走囉，反正八幡好像恢復精神了。」

感覺有點過意不去。

對喔，戶塚是趁上課前的空檔來這裡打發時間，結果完全沒有讓他排遣鬱悶，

「因為你最近好像沒什麼精神，我想你應該出來轉換一下心情。」

「戶塚……」

這麼說來，今天早上小町也說過類似的話。

不過老妹向來很奇怪，所以我當時沒特別在意她說的話；但是換成戶塚這個正常人這樣說，我不得不在意。

「雖然我不清楚發生什麼事……但我希望八幡可以維持原來的樣子。」

戶塚看看手機上的時間，說聲「下次再一起玩吧」便快步跑出去。直到消失在視線範圍前，他始終回頭對我大大地揮手，我也高舉手臂作為回應。

「嗯，戶塚氏真溫柔，雖然他根本不需要對你好。」

「啊？什麼？你怎麼還在？我可不想被你這種人說教。」

「呼，戶塚氏不愧是我的朋友，幹得好！」

「……你以為自己算得上是他的朋友？」

「咦？難、難道不算嗎？」

「我哪知道，你不要這麼簡單就大受動搖啦！」

最近這傢伙的角色分裂得真嚴重，這樣沒問題嗎？

「啊，喂，你們在做什麼～怎麼可以進去裡面？」

這時，我們聽到輕浮店員呆頭呆腦的聲音傳來。

「唔，不妙，我要先去避風頭。再會吧～」

「那不就是沙拉吃到飽嗎（註16）……」

一段沒什麼智商的對話後，我們趕緊逃離拍貼區。

我在視線一角瞥見材木座被店員團團圍住。

戶塚說的沒錯，為了什麼事情傷神煩惱，並非比企谷八幡的作風。

註16　上一句「再會吧」的原文「さらだば―（saradaba）」，音近「沙拉吧」。

我的行事風格是「遇到煩惱便放棄」，所以當作什麼都沒發生即可。

只有在遇到事情時才改變態度，是不老實的行為。這樣是不行的。

跨上腳踏車前，我把大頭貼輕輕放進錢包。回去加個框把它裱褙起來吧。

不知道哥哥的高中生活過得順不順利？
小町稍微打聽看看……

哥哥，
學校生活快樂嗎？

嗯～～這跟媽媽問
「……學校生活快不
快樂」不一樣，所以
哥哥可以放心。
剛剛是小町問的方式
不對。
沒有啦，小町是在想
說，社團裡有雪乃姐
姐跟結衣姐姐，應該
還滿快樂的。不知道
哥哥跟雪乃姐姐都聊
些什麼？感覺怎麼
樣？相處得好不好？

喔，小町大概瞭解了。
那麼，哥哥覺得雪乃姐姐怎麼樣？

嗯、嗯？
可是小町很少使用電腦……

啊～～沒錯沒錯，真的很遠。

然後總武線區間車又不到東京～～
……原本的話題是什麼？

啥？突然問這個做什麼……啊！當、當然快樂！我、我可完全沒有被欺負喔！

關於
雪之下雪乃

我、我可完全沒有被欺負喔！

我想想……要比喻的話，大概像是很有設計感、功能又很強的高階電腦，但是沒有配備滑鼠跟鍵盤。

很難理解嗎？簡單說來，京葉線快速車雖然能很快到達東京，但是跟東京站的其他月台相距很遠。大概就像這種感覺。

總武線快車的月台也是距離很遠呢，而且樓梯多得要命，又不是地下鐵。

③

雪之下雪乃果然很喜歡貓

一整個星期中，最棒的一天是星期六，它強大的優勢不可撼動。星期六本身已經是假日，隔天還可以繼續放假，感覺像是超級賽亞人大放送。

我實在太深愛星期六，希望以後可以過著天天都是星期六的生活。星期天會陷入「明天又要工作啦……」的收假憂鬱中，所以不能換成星期天。

早上起來後，我頂著尚未清醒的腦袋瀏覽早報。嗯，今天的《淘氣阿寶》（註17）一樣很出色，其實我也只看《淘氣阿寶》。

看完報紙——應該說看完《淘氣阿寶》後，接著要看廣告單上的優惠。

如果發現什麼超值商品，我便用紅筆畫圈，再交給小町。小町會把它記錄在購物備忘錄，再由她或母親出去採購。

這時，我注意到廣告單上特別顯眼的宣傳文字。不，那不僅是文字（font），根

註17 植田正志的四格漫畫，從一九八二年開始，在報紙上連載至今。

本可以算是光子（photon）。不是用在人名中的「光子」（註18），是那個「光子」。

「小町，妳快看！今年的東京貓狗展又來了！」

我忍不住把廣告單高高舉起，像是某部以獅子為主角的動畫之名場面。我有種大吼一聲的衝動，嗚啦啦啦啦——等一下，那是傑羅尼莫（註19）吧？

「真的假的？太好了！哥哥找到好東西呢！」

「哈哈哈！再多稱讚我一些！」

「呀啊～哥哥好棒！哥哥最厲害～」

「……吵死了，你們這對笨蛋兄妹安靜一點。」

母親像泥雕似地爬出房間，對我們發出詛咒。她披頭散髮，眼鏡從臉上滑落，鏡片後方冒出兩個濃厚的黑眼圈。

「對不起……」

我道歉後，母親發出「嗯」的聲音輕輕點頭，又走回自己的房間，看來她還打算睡上好一陣子……職業婦女真辛苦，將來我一定會好好體恤負責養我的妻子。這就是小白臉中的小白臉。

母親的手碰觸到房門時，轉過來看向我們。

「你們可以出去玩，不過要小心車子。天氣這麼悶熱，開車的人火氣也很大，很

註18　當作名字時，羅馬拼音為「mitsuko」。

註19　漫畫《金肉人》中的角色。

容易發生意外。還有，不可以跟小町共騎一輛腳踏車。」

「知道啦，不可以讓小町遇到危險對不對？」

父母親對小町灌注極深的愛情。因為她是女兒，而且經常做家事，什麼事情都能做得很好，又長得那麼可愛。小町簡直是他們的寶貝。

相較之下，長子似乎沒受到同等待遇。此刻母親看著我的臉，發出深深的嘆息。

「唉……笨蛋，我是在擔心你。」

「……咦？」

我突然覺得眼眶發熱，原來我也能像這樣得到母親的關心嗎……她早上從來不叫我起床，便當錢只給區區五百圓，偶爾還會在附近買些品味很詭異的衣服給我，我以為自己一定不受她的寵愛。話說回來，那些衣服的品味為什麼會那麼慘烈？根本已經到達討人厭的地步。

不過，親情果然還是很偉大。我在感動之餘，眼中泛起淚水。

「媽媽……」

「我真的很擔心你。要是讓小町受傷，你會被爸爸宰了喔。」

「老、老爸啊……」

這時，我又感到一陣不爽。

說到老爸，他現在肯定還賴在床上。

說真的，我老爸實在不是個好東西。我可以理解他太過溺愛小町，因而對我抱

持半敵視的態度。然而，不僅如此，他還老是要我注意一些有的沒的事，例如小心

仙人跳、女生來搭訕時都是要強迫你買畫、十之八九的期貨都是詐欺、工作就輸了

等等，而且那幾乎都是他的經驗談，更讓人無法不在意。這點真的很惡劣。

等一下出去時，我就「碰」一聲用力把門關上，打擾他的好夢。

「不用擔心，我們會坐公車～～啊，所以請給我們車錢！」

小町咚咚咚地跑到母親跟前。

「好好好，來回總共是多少錢？」

「嗯……」

她開始扳著手指計算。喂，單程一百五十圓，來回三百圓啦，這哪裡需要用到

手指計算？

「三百圓啦。」

我不等小町算完便先回答，於是母親說聲「好」，從錢包裡拿出零錢。

「來，三百圓給妳。」

「謝謝！」

「媽媽，我也要去，所以……」

我的語氣變得很含蓄，有如《海螺小姐》裡對丈母娘說話的鱒男先生。

「對喔，我都忘了你也需要。」

母親像是這時才想到似的，再度取出錢包。

「啊，我們要在外面吃飯，所以還要午餐錢～」

「咦？真拿妳沒辦法……」

她順應小町連帶提出的要求，直接拿出兩張大鈔。

喔喔！小町真厲害！不過媽媽，我平常的飯錢只有五百圓，為什麼小町一拜

託，立刻提高到一千圓？

「謝謝！那麼哥哥，我們走吧！」

「好。」

「再見，路上小心。」

母親慵懶地送我們出門後，馬上回去自己的房間。媽媽，祝妳有個好夢。

離開前，我使出全身力氣，「碰」一聲狠狠甩上大門。

讓你享受一下這個噪音！早啊，老爸！

　　　　×　　　　×　　　　×

從住家附近坐公車到作為「東京貓狗展」會場的幕張展覽館，約需十五分鐘。

一定得特別留意這一點：雖然說是「東京」貓狗展，但展場其實在千葉，否則

很有可能會跑到東京國際展覽館。

會場內已經出現一些人潮，其中還有人帶寵物一起來參觀。

現場還算滿熱鬧的，所以我跟妹妹自動牽起手。這不是兩人的親密約會，單純因為我們小時候經常一起出去玩，因而留下這個習慣。

小町一面哼歌，一面大大甩動我的手，我感覺自己的手快要脫臼了。

不知是不是服裝的關係，今天的小町顯得格外有精神。

她的上半身穿著條紋背心，搭配露肩的粉紅色薄針織衫，下半身是略顯低腰、長度不及膝蓋的短裙，再加上天真爛漫的極品笑容，不論走到哪裡，都是我引以為傲的妹妹。不過，我才不會放手讓她離開。

這場東京貓狗展，簡單來說即為貓跟狗的現場展售會，但同時會展出一些稀奇的動物，所以還滿有趣的。而且，這場展覽不需要門票。真可怕，千葉果然才是最強的。

我們一進入展場，小町立刻興奮地指著一個方向。

「哇～哥哥，是企鵝！好多企鵝在走路！好可愛～」

「是啊。說到企鵝，聽說這個字的拉丁文語源是肥胖的意思。這樣一想，就覺得很像一群有代謝症候群的上班族在外奔波。」

「哇……突然覺得不可愛了……」

小町失望地垂下手臂，用憤恨的表情看我。

「多虧哥哥的無用知識，以後小町看到企鵝，都會想到肥胖兩個字啦……」

對於她的抱怨，我也感到很無奈。那句話應該去跟最初幫企鵝命名的人說吧。

「哥哥，約會的時候絕對不可以說這種話喔。當女孩子說『好可愛』的時候，一定要回答『對啊，不過我的女朋友更可愛』。」

「……真蠢。」

即使是住在南極的企鵝聽到這種讓人背脊發寒的對話，八成也會感冒。

「沒關係，反正小町也不是真的覺得企鵝很可愛，只是想用這句話突顯自己的可愛。」

「妳這種想法真不可愛……」

這裡可是充滿貓啊、狗啊、企鵝啊之類的溫馨空間，說這種話不太對吧？

「誰叫哥哥剛才多嘴！好啦，我們趕快進去逛逛。」

小町說完，拉著我的手衝出去。

「喂，不要突然奔跑，會跌倒的。」

看來這附近是鳥類區，鸚哥、鸚鵡等等鳥類組成的豔麗彩色世界，在我們面前展開。黃色、紅色、綠色……各種鳥類毫不吝嗇地綻放色彩，強烈刺激視覺感官。

牠們張開翅膀時飄起的羽毛，在燈光照射下散發光輝。

不過，在這片鮮豔色彩的洪流中，發出最醒目光芒的是一頭黑髮。

那個人單手拿著導覽手冊東張西望，綁成兩束的頭髮隨之擺動。

「那個人是……雪乃姐姐？」

小町也注意到了。

正確說來，能像她那樣醒目的人也沒有幾個，自然容易受到大家注目。

她簡單披著淡黃色的開襟背心，長度大約到大腿；裡面是一件輕巧樸素的連身裙，胸部下方繫著一條淡緞帶，給人一種比平常柔和的感覺。每走一步，沒有皮帶的高跟涼鞋便發出清脆沁涼的聲響。

然而，她本人似乎毫不在意周圍的視線，面無表情地尋找著什麼，如同平常在社辦裡的樣子。

她確認展區的編號後，低頭看向導覽手冊，接著又環顧四周，然後再看一次導覽手冊，最後放棄似地稍微嘆一口氣。

什麼啊，原來她迷路了。

雪之下啪一聲闔上手冊，下定決心走了出去——前往牆壁的方向。

「喂，那裡是牆壁喔！」

我再也看不下去，忍不住出聲提醒。雪之下立刻瞪過來，戒備心態表露無遺。

好恐怖！

不過，當她發現說話的人是我後，換成有點驚訝的表情往這裡走來。

「哎呀，這裡有個很稀奇的動物呢。」

「不要一見面就用 Homo sapiens sapiens（註20）的方式稱呼我好不好？妳是在否定我這個人類嗎？」

註20 人類在生物學上的學名。

「我並沒有說錯吧？」

「講求正確也該有個限度……」

我打從第一聲就被當成靈長類的人科動物對待。以生物學的角度來說，正確性固然最為重要，但在雙方打招呼時，卻變成最差勁的說法。

「妳為什麼要往牆壁走？」

「……我迷路了。」

雪之下露出「真是大意」的表情回答，痛苦得彷彿隨時要切腹自盡。她怨恨的眼神再度落向手中的導覽手冊。

「這裡並沒有大到會迷路吧……」

她是不是路痴啊……不過，即使手上拿著地圖，一樣會有迷路的時候，尤其是在類似區塊綿延不斷的地方，地圖根本派不上用場，例如 Comike 會場或新宿車站的地下。另外，如果來到梅田車站卻沒有準備定位用的方格紙，也很有可能被困在裡頭。

「妳好，雪乃姐姐！」

「哎呀，妳好。小町也一起來啦？」

「不過，真想不到妳會來這裡。是來看什麼的嗎？」

「……嗯，是啊，有很多東西要看。」

大概是貓吧……她還在手冊上的貓咪展區畫一個超大的紅色圓圈……

雪之下察覺到我的視線，若無其事地默默摺起導覽手冊。

「比、比奇……咳咳，比企谷同學又是來做什麼的？」

她努力維持鎮定，但還是咬到舌頭。我努力忍住大肆嘲笑她一番的衝動，裝作沒看到她剛才的模樣。沒辦法，如果我真的說出口，會被她以五倍的力量還擊。

「我跟妹妹每年都會來。」

「我們家的貓就是在這裡買的。」

如同小町所言，這裡是我們初次遇到小雪的地方。雖然牠很目中無人，不過有相當純正的血統證明。那時，小町說想要買回去養，於是當場定案。當時老爸被叫到這裡，單純只是為了付錢，感覺還滿可憐的。

雪之下來回打量著我跟小町，嘴角浮現透明的笑容。又來了，她過去也出現過這種表情。

「……你們的感情還是一樣好呢。」

「還好啦，這已經成為我們每年的例行公事。」

「這樣啊……那麼，再見。」

「嗯，再見。」

我們不想談得太深入，於是就此道別。

雪之下正要離去時，小町拉住她的衣襬。

「等等，請等一下！雪乃姐姐，既然機會難得，要不要跟小町一起參觀？」

「反正一直跟著哥哥，只會聽到殺風景的話，還是跟雪乃姐姐在一起比較快樂。」

「是、是嗎？」

雪之下見小町將身體湊過來，不斷拉著她的衣服，不禁後退半步這麼問道。小町立刻點頭如搗蒜。

「沒有錯沒有錯！拜託拜託！」

「不會有所妨礙嗎……我是指比企谷同學。」

我很理所當然地被排除在外。

「笨蛋，那是什麼問題？我跟人集體行動時，幾乎都不說話，所以完全不會礙到妳們。」

「以另一種角度來說，你融入得還滿好的……就某方面來說，那種才能真不簡單……」

雪之下的表情不知是驚訝還是呆愣。不過事實上，如果團體內有一個悶不吭聲的傢伙，大家還是會很在意。

「……我明白了，那就一起參觀吧。你們想看什麼動物？如果沒有的話……」

「嗯……難得有這樣的展覽，看些平常看不到的動物如何？」

小町靈光一閃，拍一下手說道。

「……我完全看不出來妳到底識不識相。」

「嗯？什麼意思？」

小町不解地歪著頭反問。

「……好啊。唉……」

雪之下死心地嘆一口氣。嗯，該怎麼說呢……我代替妹妹向妳道歉。雖然是珍禽異獸，但這裡的展場空間畢竟有限，不可能出現太大型的動物。如果照這樣思考，鳥類區便顯得相當完整，不僅展出動物的稀有度高，而且不占空間。

我們離開色彩鮮豔的南國攤位，進入超級帥氣的另一個區域。

用護欄慎重其事地隔開來的另一邊，是雄糾糾、氣昂昂的鳥類，有著尖銳的鳥喙、銳利的雙爪，以及剛韌的羽毛。

可惜小町不理解牠們的帥氣，對我提出質疑。

「小，小町，妳看！是鷲！老鷹！還有隼！真帥，好想養一隻！」

太帥了……我不禁停下腳步，把身體倚到護欄上。想必美軍一定超中二的。凡是得過中二病的人，無一不被牠們的莊嚴感震懾住。

「哪有？一點都不可愛，感覺好中二……」

「喂，笨蛋，妳在說什麼？不覺得牠們轉頭的樣子很可愛嗎？」

我為了說服她，特地把頭轉向她說道，卻發現她已經往前走。真過分。

「的確不可愛……不過，我覺得那威猛的姿態很美麗。」

想不到雪之下會代替無情的妹妹回答我。她的雙手放在護欄上，站在我旁邊凝視那些猛禽，看來並沒有說謊。

「喔喔！妳能瞭解牠們的帥氣嗎？覺不覺得潛藏在體內的中二魂開始騷動？」

「……我不瞭解。」

「唔，女人無法明白嗎……哎呀，危險，我一不小心變得跟材木座一樣。」

『中二病也者　一輩子不得根治　心之疾病也』

此乃八幡出自內心的創作。順帶一提，其中的季語是「中二病」。中二病是青澀春天的季語（註21）。

　　　　　×　　　　　×　　　　　×

鳥類區過後，是小動物區。

這裡聚集了倉鼠、兔子、雪貂等寵物，怎麼看都是針對小町特別設計的地方。

她在親手體驗區又是「哇～」又是「啊～」的，完全不肯移動半步。

另一方面，雪之下也對那些小動物搔搔弄弄，不過她每摸一隻便歪一下頭，似乎都跟自己理想中的觸感不合，想不到她還滿堅持的。

至於我呢……一接近那些小動物，牠們就倉皇逃走，想不到我連在這裡都被討厭。

「小町，我們走吧……」

註21　表現季節之「季語」為俳句中不可缺少的部分。

「哇～～好可愛～～好想踩上去～～嗯？喔，哥哥先走沒關係，小町還要再多玩

一下。」

「喔……」

這傢伙覺得可愛的理由一點都不可愛。真的沒問題嗎？

我得到小町的許可後，決定自己先繼續參觀。

印象中接下去的兩區分別展示狗跟貓。

「那麼，雪之下，再往後兩區就是貓的展區，拜託妳幫忙看好小町。」

「我是無所謂，不過小町的年紀已經不小，你不覺得自己太過保護她嗎？」

「不是，我是要妳看好她別踩那些動物。」

「小町不會踩啦～啊，雪乃姐姐也可以先去看貓。」

「喔？這樣嗎？那麼，既然機會難得……」

雪之下還沒說完便站起身。妳到底是多想看貓？

「我們走吧。」

她乾脆地丟下我，義無反顧地前進，如同深入無人的荒野。

然而，當她看見寫著「狗」的展示牌時，立刻嚇一跳。

「怎麼？」

「沒有……」

雪之下放慢腳步，繞到我的背後讓我先走。糟糕！後面被偷襲了！我會死

掉——雖然我一瞬間這麼擔心，不過沒有遭到任何攻擊。

我懂了，是狗的關係。印象中她很怕狗。

「這裡展示的都是小狗啦。」

既然這是一場寵物展售會，自然也有現實的一面，尤其是貓跟狗這些大家熟知的動物，更會挑選年幼、體型小的品種展售。這樣講固然滿悲哀的，但做生意就是如此。

不知道我的那句話發揮多少功效，雪之下別開視線說：

「小狗的話比較……我、我先聲明，我可不是害怕狗喔！應該說……拿牠們沒輒吧。」

「這兩者還是有誤差。」

「是嗎……算了，既然雪之下說有誤差，那就算是有誤差。」

「大家通常會直接說『害怕』。」

「比企谷同學……比較喜歡狗嗎？」

「沒有特別喜歡哪一種。我的原則是不隸屬於任何一邊。」

真正的強者不會跟人聚在一起。孤獨一人代表的是不論經過多久，都要與整個世界為敵。一想到我跟世界對立，便覺得自己簡直是史蒂芬‧席格的化身。擁有史蒂芬‧席格的想法，我果然是他的化身。

然而，雪之下完全沒有贊同的意思。

「應該是他們不接受你加入吧。你是不是搞錯什麼?」

「大致上都吻合。好啦,那個不重要,我們走。」

雪之下的話的確大致符合現實,所以我也不打算反駁。跟她爭吵只會惹火上身,我決定速速結束這個話題。

我踏出腳步後,雪之下在後面喃喃開口:

「我還以為你一定比較喜歡狗⋯⋯」

「啊?為什麼?」

「⋯⋯因為你當時那麼拚命。」

我回頭想問清楚,但她的回答讓我摸不著頭緒。

雪之下看過我為了什麼事情拚命嗎?如果真要說的話,只有一個可能。

為了戶塚的網球比賽——她應該是指那件事。

當時我為了戶塚,的確是很拚命沒錯。沒辦法,誰教他那麼可愛,我還記得戶塚顫抖身體的模樣很像吉娃娃,所以這樣算是喜歡狗吧。

正確說來,我比較喜歡的是戶塚。這樣算是不是喜歡過頭呢?

真頭痛啊⋯⋯我搔一搔頭,這時感覺到雪之下在推我的肩膀。

「可不可以趕快往前走?」

「啊,喔。」

在她的催促下,我穿過寫著「汪汪區」的簡陋大門。

這個角落到處堆放著大量籠子，規模有如兩、三間寵物店聚集在一起。

參觀人潮特別多，小狗果然很受歡迎。

吉娃娃、迷你臘腸、豆柴、柯基……除了這些受歡迎的小型犬，還有拉不拉多、黃金獵犬、米格魯、鬥牛犬等大家熟知的品種。

這裡展示的狗，皆為由飼育家培育的優良品種，個個都來頭不小，像是得過比賽冠軍、獲得大會提名、在世界食品品質評鑑大會中獲獎、優良設計……全都一目瞭然。

進入小狗展區後，雪之下不再開口說話，安靜到我懷疑她是不是停止呼吸。

當四周都很熱鬧，唯有一人保持沉默時，便會格外引人注意。不，應該說周圍實在太吵了，尤其是那個不斷按相機快門還叫個不停的女人。

……等等，那好像是平塚老師，姑且假裝沒有看到吧。老師，難得的假日，拜託妳出去約會好不好……

反正穿過這裡即是貓咪展區。我正打算加快腳步時，雪之下輕輕發出一聲

「啊」。

我們發現一個名為「修剪區（trimming）」的角落。

「嗯？他們會幫忙加工照片嗎？」

「不對，他們是幫忙狗理毛、讓牠們恢復光澤，廣義一點也可以說是美容（grooming）。」

美容……《賤馬也瘋狂（GROOMING UP）》（註22）嗎？超級名作。

我想到渡會牧場的四姐妹，雪之下無奈地繼續解釋。

「總之就是寵物的美容院。」

「咦？還有那種地方啊？真奢侈，五代將軍（註23）也在那裡不成嗎？」

「那裡不只幫忙美容，還開設禮儀訓練班。你要不要也上一下？」

我自然而然地被當成狗看待。反正我已經習慣了，無所謂。

正當我們閒扯時，剛好有一隻長毛迷你臘腸狗美容完畢，打著哈欠到處閒晃。

喂，牠的主人跑去哪裡？

牠像脫兔一般往出口──亦即我們所在的方向跑過來。

處於自由狀態的迷你臘腸狗聽到主人的聲音，回頭看一下後，直截了當地忽視。明明是一隻狗……

「酥餅，等一下！啊，項圈壞掉了！」

「比、比企谷同學，那隻狗……」

雪之下驚慌得不知該如何是好。她的眼睛東張西望，雙手也忙亂地擺動。

……真難得看到她出現這種反應，我覺得有點愉快，所以大可放任那隻狗不

註22 以養育賽馬為主題的日本漫畫，作者為ゆうきまさみ。一，也是女主角家。

註23 指德川綱吉，曾頒布「生類憐憫令」。這條法令最初是為了過止戰國時代濫殺狗的惡習，但後來綱吉甚至下令建造養狗的房子、請人保護狗及請人替狗看病，引發民怨。

管，不過造成騷動的話也很麻煩。

「嘿。」

我一把抓住那隻狗的頸部。家裡那隻討厭我的貓時常到處亂跑，為了強行逮住牠，我才練就這個本領。在追捕這類動物上，我可是很在行的。

臘腸狗露出可憐的眼神，不過一抬起頭看到我，便到處嗅聞著，接著興奮地舔我的手指，讓我嚇一跳，不禁鬆開抓住小狗的手。

「哇，溼答答的……」

「啊，笨蛋！你一放手，牠又會……」

雪之下焦急地說道。不過這隻狗沒有跑走，而是挨在我腳邊，慢慢地翻過身露出腹部，還不停「呼、呼、呼」地伸出舌頭。

「咦？這隻狗……是不是太親近我了？」

「咦？這隻狗……」

雪之下躲在我的背後，偷偷觀察這隻臘腸狗。牠又不是什麼可怕的動物。

「酥餅～～不好意思！我家的酥餅給您帶來麻煩～～」

這時，臘腸狗的主人跑過來將牠抱起，用力彎腰向我道歉，對方頭上綁的丸子跟著晃動。

「哎呀，是由比濱同學。」

「咦？」

狗主人聽到雪之下的聲音，驚訝地抬起頭。從她的髮型、聲音跟態度看

來，百分之百是由比濱結衣沒錯。

「小、小雪乃?」

接著，她宛如機器人似地看向一旁的我。

「咦?嗯?自閉男?還有小雪乃?」

由比濱陷入混亂，來回看著我們兩人，頻頻發出「咦、咦」的聲音。

「啊。」

「啊，嗯⋯⋯」

我跟她之間出現一陣詭異的沉默。天啊，尷尬極了⋯⋯

在這陣詭異的氣氛中，由比濱抱的小狗「汪」地叫一聲。

雪之下嚇一跳。儘管她沒有躲回我的背後，依然略微靠過來。想必她打算在遇到危險時，隨時用我當盾牌。

「啊⋯⋯那、那個⋯⋯」

由比濱輕撫小狗的頭，視線同時在我跟雪之下的身體立刻抖一下。

我們的距離。

「真巧，在這裡見到妳。」

雪之下一開口，由比濱的身體立刻抖一下。

「是、是啊。小雪乃⋯⋯怎麼會跟自閉男在一起?總覺得⋯⋯你們一起出現，還滿稀奇的⋯⋯」

大概是好幾天沒見面的關係，由比濱對雪之下的態度也有點生疏。她的眼睛沒有直視對方，只是把小狗緊緊抱在胸前。

我們之所以在一起，只是偶然間剛好遇到而已，所以不需要任何理由。我跟雪之下對望一眼，幾乎在同一時間開口回答：

「也沒有為什麼──」

這時，由比濱出聲打斷我們。

「啊，不用了、不用了！沒關係，什麼事都沒有⋯⋯兩個人在放假時一起出來玩，當然是那種事情嘛⋯⋯對喔，我怎麼都沒發現呢？照理來說，我應該很會看場合才對⋯⋯」

由比濱努力瞇起眼睛，勉強擠出笑容，發出「啊哈哈」的乾笑。

她是不是有什麼奇怪的誤會，以為我在跟雪之下交往吧？不、不，只要稍微動動腦筋，便知道根本不可能有那種事。可是，「其實我們沒有在交往」這種話也很難啟齒，簡直是自我意識過剩，有違我的美學。

這一切都是誤會，絕不是真的。既然如此，只要我自己心知肚明即可，其他人怎麼想都無所謂⋯⋯更何況，越想解開誤會時，誤會往往只會變得更深，所以我早已放棄。

「嗚～」由比濱懷中的小狗抬頭看向主人，發出寂寞的叫聲。「沒事⋯⋯」由比濱輕輕撫摸牠的頭，小聲對牠說道。

「那、那麼，我先走了……」

「由比濱同學。」

由比濱低頭盯著自己的腳，打算離開現場時，被雪之下出聲叫住。

她的聲音在一片嘈雜中顯得非常清楚，彷彿所有聲音都退到兩旁，只讓它傳入我們的耳朵。由比濱原本低垂的視線，也自然移到雪之下身上。

「……啊、啊哈哈……我可能不太想聽……事到如今，再聽那些話也無濟於事，沒有辦法做什麼……」

「我想談一下我們的事情，所以妳星期一可以來社辦嗎？」

她的聲音很柔和，臉上帶著困擾的笑容，但是拒絕的意思非常明顯。

雪之下對她的態度感到失望，視線多少有點下垂。我頓時有一種四周的喧譁變得更大聲的錯覺。

然後，雪之下在腦中挑選字句，一點一點地編織出話語。

「……我的個性就是這樣，不善於表達自己……但我還是想好好跟妳談一談。」

「……嗯。」

由比濱用不置可否的曖昧方式回應。她略帶懷疑地瞄一眼雪之下，又立刻移開視線，接著轉身踏出腳步。我們不發一語，看著她逐漸遠離。

直到她有點駝背的身影消失在人群中，我才對一旁的雪之下問道：

「妳要對由比濱說的話是什麼？」

「你知道六月十八日是什麼日子嗎？」

雪之下仰頭看著我，拋出這個問題。由於她的臉突然湊過來，我不禁後退半步。

「……至少不是假日。」

她見我想不出來的樣子，得意地挺起胸膛公布答案：

「由比濱同學的生日……我猜的。」

「是喔……咦？妳『猜』的？」

「沒錯。她的信箱帳號裡有0618這串數字，所以我如此猜測。」

「妳沒有直接問過她嗎……」

雪之下的溝通能力真不是蓋的。

「我想要為由比濱同學慶生。即使她之後不會再來侍奉社……我還是想好好感謝她至今所做的一切。」

雪之下稍微垂下雙眼，不太好意思地說道。

「喔……」

雪之下的性格如此，能力又像高階電腦一樣強，因此長期以來，她都處於大家嫉妒的怒火中。對她而言，由比濱無疑是初次結交的朋友。我認為她感謝由比濱的心情是真的。雖然話中不時透露放棄的念頭，但她其實很不希望失去這段友情吧。

啊……原因果然出在我對由比濱說了什麼話。

我懷著些許罪惡感瞄一眼雪之下，她察覺到我的視線，有點尷尬地扭過身體。

唉，八成又要被她說「不要看我」、「真不舒服」之類的話了，我索性在她開口前先移開視線，紅著臉乾咳幾聲。

「比企谷同學……」

「啊？」

我回過頭，看見雪之下揪著自己的胸口，緊張地吞一口口水，還為了藏起染成粉紅色的臉頰，只抬起溼潤的眼睛看過來。

視線對上的那一刻，連我都開始緊張。

她擠出一絲微弱的聲音說……

「你可以……陪、陪我一下嗎？」（註24）

「……啥？」

註24 本句原文中的「付き合う」，同時有「陪伴」和「交往」之意。

④ 比企谷小町專門出一些鬼點子

星期天。

持續好幾天的梅雨後，陽光終於重新露臉。今天是我跟雪之下外出的日子。

現在時間接近早上十點，我暗忖自己是不是到得有點早。看來那件破天荒的事情，讓我的內心出現動搖。

雪之下竟然會主動提出要我陪她的要求……

怎麼辦？果然還是拒絕她比較好嗎……當時的我腦袋一片混亂，都是雪之下那句話害的。我完全沒料到雪之下會說出那種話，因此失去正常的判斷能力。一定是這樣。

「久等了。」

唔喔喔喔喔喔！我抱著頭，壓抑大吼的衝動。這時，後面傳來說話聲。

雪之下雪乃帶著一陣涼爽的風，慢慢往這裡走來。

她穿著一件立領的淡藍色無袖上衣，難得綁成一束的黑髮像圍巾似地在胸前跳躍，長度不及膝蓋的裙子也隨她的腳步不斷飄動。

「⋯⋯我、我也沒有等久。」

「喔？那就好。我們趕快出發吧。」

她拿好籐編的提包，張望四周搜尋她要找的對象。

「小町去便利商店，我們先等一下。」

「嗯⋯⋯不過假日還要她陪我們出來，感覺實在有點抱歉⋯⋯」

「沒辦法啊，如果只有我們兩個去挑由比濱的生日禮物，八成不會買到什麼好東西，反正小町也滿高興的。」

「那就好⋯⋯」

其實，事情是這樣子的——這是哪個電視節目嗎（註25）？

雪之下那句話的意思，單純是要找人陪她去買由比濱的生日禮物，而且她想找的人不是我，而是我的妹妹小町。

她的判斷非常正確。按照過去的經驗，碰到這種事情時，雪之下大多會找由比濱幫忙，但這次正是為了由比濱，所以沒辦法拜託她。於是，交友不甚廣闊的雪之下想得到的其他人選，只剩下比企谷小町。

我們在原地安靜地等待，兩分鐘後，小町終於回來。

她大概意識到今天是陪雪之下出門，所以服裝顯得比平常簡單，身穿短袖上衣、夏季背心，搭配百褶裙和大腿襪，再加上一雙便鞋，整體帶有一種淑女氣息，不過稍微戴在頭上的鴨舌帽又增添一些活力。她正拿著一罐寶特瓶裝的茶飲。

「喔，雪乃姐姐！妳好。」

「不好意思，難得的假日還麻煩妳出來。」

「不會不會，小町也想買禮物送給結衣姐姐。」

她用笑容回應雪之下的道歉。這傢伙似乎滿喜歡雪之下的，而且很期待跟雪乃姐姐出來玩。在我認識的人當中，她受女生歡迎的程度僅次於葉山。話說回來，雪之下真受呆呆的傢伙歡迎。所以這句話應該不是客套。

「電車差不多要來了，我們走吧。」

我提醒雪之下和小町，一行人走向剪票口。

今天我們的目的地，是傳說中千葉高中生的約會勝地──大家最喜愛的 LaLa-port TOKYO-BAY。

那裡聚集各式各樣的商店，還有電影院和大型活動場地，算是千葉縣內最豪華的休閒娛樂場所。簡單來說，即為跟我搆不著關係的地方。

電車內算是擁擠，我們手拉著吊環，搖搖晃晃地站了五分鐘。

要是只有我跟雪之下兩人，八成不會出現任何交談，不過今天小町也在場，她問了雪之下很多問題。

「雪乃姐姐已經決定好要買什麼嗎？」

「……還沒。雖然物色過很多東西，但是做不出決定。」

雪之下輕輕嘆一口氣。她之前在社辦翻閱時尚雜誌，大概是在挑選由比濱的生日禮物，不過她的品味應該跟由比濱不同。

「而且，之前從來沒有朋友送過我生日禮物……」

她帶點陰鬱的神情如此吐露。小町聽了，臉上也出現一層陰霾，不知道該說什麼而陷入沉默。

「……呵，真可憐，我可是有收過生日禮物喔。」

「咦？騙人吧？」

口氣那麼驚訝，真失禮。

「我才沒有騙人，而且我有必要現在才拿這種事跟妳吹噓嗎？」

雪之下聽我這麼說，才佩服地點頭。

「有道理……抱歉，我說話前沒有想清楚。我不應該老是懷疑你，從現在開始，我會對你垃圾的一面完全信任。」

「妳如果認為那句話算是稱讚，根本是大錯特錯。」

「所以，你收到什麼禮物？不妨說來提供我們參考看看。」

「玉米……」

雪之下聞言，連連眨了好幾次眼睛。

「咦?」

她似乎沒聽清楚,又再問一遍。

「玉、玉米……」

「什麼?」

「我說!他們家是種田的!告訴妳,那些玉米超好吃!是我媽蒸給我吃的!」

「哥哥不需要流眼淚啦……」

「沒錯,那發生在我小學四年級的暑假……」

我才沒有哭,絕對沒有哭,只不過是眼睛冒汗。

「哥哥又突然開始訴說往事……」

小町露出厭倦的表情,但雪之下好像想聽,點頭催促我繼續說。

「高津家的媽媽跟我們家的媽媽很要好,所以他那天來到我家。第一次有同學到家裡慶生,讓我有點興奮。我一到門口,便看到高津跨在五段變速的登山車上,交給我一個用報紙包著的東西。

『聽說你今天生日?我媽要我把這個拿給你。』

『啊,謝謝……』

『……』

『……』

『要、要進來嗎?』

『咦?喔,我已經跟小新約好要去他家玩。』

『這樣啊……』

搞什麼？竟然不邀請我……我本來以為自己跟小新很要好，聽到的當下實在有點想哭。高津跟我說再見，騎登山車離開後，我拆開手中的報紙，發現裡面是還沾著清晨露水的新鮮玉米。當我察覺時，眼淚已經一滴滴地落下……』

雪之下聽完後，輕聲嘆一口氣。

「所以，你還是沒有收過朋友送的生日禮物。」

「的確！我跟高津根本不是朋友嘛！」

時隔七年，我終於明白事情的真相。既然這樣，我跟小新算不算是朋友，也得重新考慮。

雪之下大概感受到我靈魂的吶喊，帶著望向遠方的目光低喃……

「不過，有些關係的確是因為家長而建立起來……他們聊天時，會把兩邊的小孩畫進同一個圈子裡，真希望他們不要這麼做。」

「是啊。不管是孩子會（註26）還是照顧學童之類的，真是麻煩……跟同年級的人都處不好了，何況還有其他年級的人。我就老是看自己的書……也因為如此，我才能夠遇到那麼多好書。所以從結果來說算是好的。」

「印象中我也幾乎都是在看書……反正我本來就喜歡閱讀，所以還滿快樂的。」

「哇～外、外面的天氣真好～！」

註26　以孩子健全發展為目標之團體，參加者年齡涵蓋學齡前到高中左右。

小町受不了這裡的低氣壓，開始欣賞窗外的風景。

無邊無際的澄淨晴空，讓人感受到夏天即將開始。

今天將是炎熱的一天。

× × ×

從南船橋站下車走一小段路後，左手邊會看到一間ＩＫＥＡ，這間時髦的家具店也是容易聚集人潮之處。從很久以前開始，這一帶即為休閒娛樂勝地。這裡在過去曾是一座大型迷宮，後來有一段時間改建為室內滑雪場。我用過去式的口吻說明，便代表那個滑雪場也已經消失。

我感受到時間的流動。在不知不覺間，我已逐漸變成大人。

當時，他們還主打兩手空空就能來滑雪，真令人懷念。現在提到這個字眼，浮現腦海的只有手狀胸罩（註27）。我感受到時間的流動。在不知不覺間，我已逐漸變成大人……

穿越天橋後，便抵達購物中心的大門。

雪之下看著設施介紹圖，盤起雙手思考。

「真驚人……裡面很寬廣呢。」

註27 「兩手空空」和「手狀胸罩」的日文發音相同。

「沒錯，這裡分成好幾個區域，所以最好先訂出一個目標。」

我不清楚這裡的實際大小，不過它不枉為附近最大的購物中心。光是在裡面閒逛，便能消磨一整天的時間。因此來這裡遊玩時，一定得先規劃好路線。

「既然這樣，應該要以效率為主。我去這一塊找。」

我指向介紹圖的右側，於是，雪之下指向左側說：「那我負責另一邊。」

「好，這樣便省去一半的力氣，接下來再看看該怎麼安排小町，讓效率更加提升。」

「那麼，這裡面交給小町──」

「STOP♪」

小町拗起我放在介紹圖上的手指。

「怎麼啦，很痛耶……」

她見我如此抱怨，大大發出一聲嘆息，然後學美國人「唉～～這傢伙真是不解風情」一般聳聳肩。喂，那種態度讓人很火大喔！

在場並非只有我不解風情，雪之下也疑惑地看著小町。

「有什麼問題嗎？」

「哥哥跟雪乃姐姐不要一副理所當然地分頭行動嘛。這是難得的機會，大家一起逛不是比較好嗎？這樣我們還可以交換意見，好處多多喔！」

「但是，那樣可能逛不完所有地方……」

「不用擔心！根據小町的判斷，如果要配合結衣姐姐的喜好，只要逛這個區域就沒問題了。」

小町從介紹圖底下抽出一份導覽手冊，攤開來指向一樓內側的「JASSIE」、「LISALISA」等專櫃，店名聽起來像是會教人波紋氣功（註28）。那一帶大概都是以年輕女性為主要客群的商店。

「那麼，我們走吧。」

我這麼開口，雪之下也沒什麼異議地頷首。

總之，先出發再說。

小町指的少女區在兩、三個區塊之後，一路上會經過男性用品、乍看之下不知該如何歸類的用品，以及生活百貨區，店面和品牌的數量多得令人佩服。

我走在三個人的最前方，但由於平常幾乎不會來這種大型購物中心，自己也不太知道有沒有走錯路。

雪之下大概一樣很少來購物中心，她忙著東看看、西瞧瞧，一副興致勃勃的樣子。從她臉上漾著愜意微笑的模樣看來，至少應該不覺得無聊。她還不時停下腳步，仔細研究展示的商品，不過，一旦察覺店員靠近，便會立刻離開。

啊～～我明白那種感覺。我也很想告訴那些店員，不要在顧客挑選衣服時過來搭話。在服飾店工作的人都應該學會一項技能，即是看得見獨行俠散發的「不要過

註28　指漫畫《JoJo的奇妙冒險》中的角色「莉莎莉莎」。

來跟我說話」之氣息，這樣會讓生意更加興隆喔。

我們一路上走走逛逛，抵達分別通往左右兩區的岔路口。再繼續往前走，便要搭電扶梯上樓。

我回想先前看的介紹圖，指向右手邊回頭問小町……

「小町，往右邊一直走下去就到了吧？」

然而，我完全不見小町的人影。

「咦，奇怪……」

我四處張望，依然找不到她的蹤影，只看見雪之下認真地對眼神凶惡、爪牙銳利、獠牙還在發光的詭異貓熊布偶捏來捏去。

那是東京得士尼樂園的知名角色「貓熊強尼」。「貓熊強尼獵竹記」是園內極受歡迎的遊樂設施，排隊等上兩、三個小時算是家常便飯。

東京得士尼樂園無人不知、無人不曉，它是千葉縣的驕傲，另一方面也因為明明位在千葉卻得掛上東京之名，而讓人倍感屈辱。它位於千葉縣內的舞濱（maihama），聽說這個地方很像邁阿密海灘，所以取了這樣的地名。以上是今天的千葉縣講座。

「雪之下。」

我一出聲，雪之下立刻把手中的布偶放回架上，一派冷靜地撥弄頭髮，只用眼神問我：「什麼事？」

時，不要吐槽才是最明智的選擇。

呃，沒事，什麼事都沒有……從前一陣子的貓咪事件中，我學到面對這種情況

「妳有看到小町嗎？不知道她跑去哪裡。」

「對耶，我也沒看到……要不要打她的手機看看？」

「也好。」

我立刻拿出手機撥給小町，聽筒裡傳來聽不出所以然的音樂。真怪，為什麼這

傢伙的手機會唱歌？

電話雖然撥通了，小町卻遲遲不接聽，我整整聽完兩段旋律後掛斷電話。

「她沒接……」

在我等待小町接聽的同時，雪之下的手上多出新的物品。除了原本的籐編提包

之外，還冒出一個色彩鮮豔的塑膠袋。妳買了那玩意兒喔……

她發現我一臉呆滯地盯著她手上的袋子，便若無其事地把它放進提包，然後重

新對我開口：

「小町可能是發現什麼感興趣的東西……購物中心裡有這麼多商品，難免會不小

心看入迷。」

「是啊，跟妳一樣。」

我看向雪之下手上的提包，她用幾聲咳嗽敷衍過去。

「反正小町也知道最後要去哪裡，不如直接過去那裡會合吧，繼續在這裡空等並

「不是辦法。」

「有道理……」

我傳一封「笨蛋，快回電話，我們先過去了」的簡訊給小町，兩人繼續往前走。

「……往右轉沒錯吧？」

我只是想跟雪之下確認一下，她卻露出疑惑的表情。

「不是左轉嗎？」

正確答案是右轉。

　　　×　　　×　　　×

周遭的氣氛明顯變得不同。

粉彩和鮮豔色調交織的空間中，飄著花朵和肥皂的香氣，我們來到少女商品區。

這裡滿是衣服、飾品、襪子、廚房用品，另外當然少不了時尚內衣。對我來說，這個異空間簡直是一秒也待不下去。

「應該在這附近。」

雪之下輕鬆地說道，但我已經累得不成人形。

「是啊，竟然有辦法迷路四次……妳的幾何觀念一定很差。」

「我唯一不想聽到你批評我的數學……」

「私立大學的文組科系不看數學成績，所以我一開始就放棄，即使排名墊底也沒有關係。」

「排名墊底……你到底考幾分？」

「九分，聽說是最差的分數。這是來自我自己取得的消息。」

「……那樣不會留級嗎？」

我被老師要求補課後再參加補考，但補考是直接使用補課講義上的題目，所以出席日數以外的部分幾乎都會採取權宜措施。

背了便有分數。其實，以老師的角度來說，讓學生留級也是一件很麻煩的事，因此

「那麼，我們要買什麼？」

「嗯……實用性高、耐得住長期使用的東西。」

「所以是辦公或文具用品囉？」

「我也想過那些……」

「妳竟然想過……」

「但是，我認為由比濱同學可能不喜歡……送鋼筆或工具包之類的東西，她應該不會高興吧。」

「……明智的判斷。」

我無法想像由比濱高興地叫著「哇～我一直很想要這套螺絲起子！還有六角

扳手耶！天啊！連鐵撬都有！太謝謝妳了，小雪乃」。不過，總覺得工科少女應該會流行起來吧。

「所以妳想要挑選合她口味的禮物嗎？」

「對，我希望她能開心地收下。」

雪之下溫柔地笑著說。我想由比濱光是看到這個笑容，就會非常高興了。

「那我們趕快去挑吧。」

「等一下，小町怎麼辦？」

啊，對喔，她還沒跟我們聯絡。如果沒有她，我們便缺少一位提供專業建議的人士。雖然她已經幫忙過濾出由比濱喜歡的禮物類型，但如果不清楚究竟該選什麼東西，我們仍然不敢貿然買下手。我不知道該不該請小町幫忙到那種地步，但是，一想到雪之下竟然將鋼筆、工具包列入送給高中女生的生日禮物選項中，我實在沒辦法放心。

我拿出手機，依然沒有小町的來電記錄，於是再撥過去一次。

電話撥通後，聽筒再度傳出那首熟悉的音樂。所以她的手機到底為什麼會唱歌？

『喂～』

「啊，妳現在在哪裡？我們已經在目的地等妳，快點過來。」

『咦……啊～～小町看到太多想買的東西，結果忘得一乾二淨。』

「妳的腦袋怎麼退化到這種地步……哥哥真是嚇到了。」

想不到她的記憶力那麼差，難怪需要背誦的科目老是考得一塌糊塗。

這時，聽筒中傳來小町非常看不起我的嘆氣聲。

『唉，要哥哥的腦袋清楚一點，果然是沒辦法的事……算了，小町這裡大概還需要五個小時，到時候可能會自己回去，所以哥哥和雪乃姐姐好好加油囉～』

「喂，等、等一下！」

『怎麼啦？跟雪乃姐姐獨處很緊張嗎？不用擔心，沒事的……應該啦。』

「那倒是其次，妳一個人會不會出事啊？一個國中生單獨在這種地方亂晃，發生意外的機率跟著提高，更何況小町還是個國中女生。雖然她的言行舉止和瞧不起哥哥的態度，經常讓我恨得牙癢癢的，不過身為哥哥的終究喜歡自己的妹妹，所以當然會擔心。

每到假日，購物中心便會塞滿人潮，

『唉，要是哥哥能把這種關心用在其他人身上就好了……不用擔心小町啦。』

『就因為是妳，我才會擔心啊。』

感覺別人用點心或現金引誘，她便會乖乖上鉤。

『哥哥以為小町是什麼人？小町可是哥哥的妹妹喔！』

喔喔！這句話真教人感動！

『所以小町一個人完全沒有問題～單獨行動反而更有精神～』

這個理由真悲哀。

然而，單獨行動反而更有精神這一點，我實在無法反駁。想想看，你打電動時是不是超激動的，還會大叫「天啊，這是哪招」、「喔，要來了嗎」、「凜子我愛妳」，老媽聽到聲音，還會問「有朋友來嗎」，只好連忙回答「我、我在講電話」，從此不敢在家裡玩 LOVE PLUS。

「我知道了……萬一發生什麼事，記得立刻跟我聯絡。不對！即使沒有事也要跟我聯絡。」

『好好好～那小町掛電話囉。哥哥加油～』

通話到此結束，聽筒裡剩下「嘟——嘟——」的機器音。

我收起手機，看向雪之下。

只是買個東西，為什麼要加油？

雪之下遺憾地說道，接著重新打起精神。

「這樣啊……不過我都麻煩她在假日出來了，也不好意思再多說什麼。」

「小町好像想買什麼東西，所以把接下來的事情通通丟給我們。」

「既然已經知道由比濱同學可能喜歡的類型，再來就靠我們想辦法吧。」

天啊，感覺真讓人擔心。

她無視我的不安，逕自走入附近的服飾店，拿起商品一一仔細比較。

我跟隨她的腳步進入店內。

然而，我還是難以忍受這種地方。

首先，當男性走進店內時，便得承受其他女性客人的目光，那種目光彷彿看到什麼蟲子似的。再者，店員也開始迅速移動，以專門為我設計的守備陣型，監視我的一舉一動。

為、為什麼？店裡明明還有其他男性啊！這是歧視嗎？是歧視沒錯吧！不過那些男生的確很像現實充，儘管店內的溫度不低，他們依然在脖子上圍著圍巾、身穿像獵人服飾的背心，光是外表便現實充味十足。話說回來，那種黏在長褲上的詭異繩子是做什麼的？有什麼功用嗎？

「不好意思，這位客人……請問您需要什麼嗎？」

女店員用擠出來的笑容掩飾警戒心，對我這麼問道。

「呃，沒有……對、對不起。」

我竟然脫口對她道歉。這句沒來由的道歉，更加提高對方的警覺，旁邊又多出另一位女店員。糟糕，她呼叫同伴啦！我方已經高高立起全滅的旗幟！要是再這樣下去，她們可能還會找來更多人。正當我打算逃離現場時，一隻手及時伸過來解圍。

「比企谷同學……你在做什麼？試穿嗎？那種事情請在家裡做。」

「我在家裡也不會做！而且我根本沒做什麼……」

雪之下露出瞧不起我的眼神靠過來，周圍的店員立刻降低戒備。

不愧是雪之下，驅散人群的行家。

「啊，是陪女朋友來的嗎？請慢慢挑選。」

店員自己得出滿意的結論，留下這句話準備離去。

「不對，完全不是這樣⋯⋯」

「不對嗎？那果然是可疑人物⋯⋯」

她原本藍色的眼睛變成帶有敵意的紅色。我選錯選項了！照這樣下去，我註定要走向被檢舉的壞結局。

「唉⋯⋯我們走吧，比企谷同學。」

雪之下拉著我，從越聚越多的店員群中逃出去。她光是這樣做，店員便不再靠近。

來到店外後，警戒終於解除。

「⋯⋯我看起來真的那麼可疑嗎？」

此刻的我皺著苦瓜臉，那對死魚眼肯定比平常嚴重幾百萬倍。用英語來說，叫做「MEGA 死魚眼」。

連雪之下也對我感到同情，絲毫不責備我那些可疑的舉動。

「看來單獨的男性客人很容易被懷疑。畢竟這裡看到的男生，清一色都是跟女朋友來的。」

原來如此，所以這個區域跟拍貼區一樣，是女性和情侶專屬。這樣的話，我待在這裡也幫不上什麼忙。何況，我已經沒有勇氣挑戰下一間店。

「……不然，我到那裡等妳。」

我指向稍遠處的長椅。

即使到了店外，四周也都是女性顧客，不難想像我坐在那種地方，會受到大家奇怪的眼光注視，畢竟我連待在教室，都會遭受奇怪的眼光。

不過，我坐在比較遠的長椅上，至少不會被人檢舉，只要別做出一些可疑的舉動即可……我猜的，應該沒有問題吧？反正心裡先做好一點覺悟就是了。

我一面如此心想，一面走向長椅。

「等一下。」

「嗯？」

我轉過頭，看見雪之下大步走過來。

「你要我憑感覺自己挑禮物嗎？不是我要自誇，我的價值觀標準，可是超出一般的高中女生喔。」

「所以……我希望你能幫忙……」

雪之下難為情地低下頭，視線在腳邊不停游移。

「可是，找我幫忙只會更加壞事。先講清楚，我從來沒有幫女生買過像樣的禮物。」

「再怎麼說，她可是最先想到送工具包當禮物的女生。」

「妳真有自覺……」

把自己當成禮物送出去，招來對方一陣臭罵的經驗倒是有。

「我是很想幫妳啦，但我進不了那些店……」

雪之下聽到我的回答，死心地嘆一口氣。

「事到如今也沒辦法了，請你不要離我太遠。」

「什麼？」

我露出訝異的眼神，雪之下有點不悅。

「非得要我講清楚嗎？如果吸氣、吐氣是你唯一會的事，連頭上的空調都比你有用。」

確實如此。空調在清淨空氣和節省電力方面都超有用的，期待它們趕快增加讀空氣的功能（註29）。

「總之，今天一天之內，我允許你表現得像是我的男朋友。」

哇……真不舒服……

雪之下察覺到我的不快，用力瞪著我說：

「你有什麼不滿？」

「我才沒有不滿。」

「是、是嗎……」

我的反應讓她呆愣一下，臉上的驚訝之情清晰可見。

註29 日文「空気を読む（讀空氣）」，為「看場合、察言觀色」之意。

不過，這沒有什麼好驚訝。如果要跟雪之下交往，我是敬謝不敏沒錯；但只是假裝交往的話，我並不介意。

雪之下不會說謊，所以她說今天一天就是今天一天，分毫不差；說表現得像一對戀人，就絕對不可能是真的戀人。

所以，我可以放心接受她的提議。

一如她百分之百地信賴我有多麼垃圾，我也可以百分之百地相信我們之間不會擦出火花。說不定這即為所謂的信賴關係……我在說什麼啊？聽起來一點都不平和。

雪之下注意到自己呆愣的表情，便轉過身去，朝另一個方向說話。

「……我還以為你一定會討厭。」

「反正我也沒有什麼理由拒絕。倒是妳不會覺得討厭嗎？」

她換上一本正經的神情轉頭，回答我拋回去的問題。

「我不會介意。不可能有認識的人發現我們，而且這裡全都是不相關的人，所以不必擔心受到誤會而引起風波。」

「連我都被徹底視為不相關的人啊……也罷，無妨。」

「那麼，我們走吧。」

雪之下往下一家店走去，我踏出腳步跟在她身邊。

彼此不期待也不受期待的關係滿輕鬆的，我個人頗為欣賞。你想想，潘朵拉的盒子不是裝滿一切災厄與希望嗎？由此可見，希望也是一種災厄。

我們逛第二間服飾店的過程，出乎意料地平順。

看來這個社會比我想像的還要單純膚淺，只要一對少男少女走在一起，大家便快速認為是情侶。不過真要說的話，我自己看到兩個高中男少女在一起，也會在心裡詛咒他們。因此，事實搞不好就是如此。

體格比日本選手還好的店員們原本一直緊盯著我，但只要雪之下出現在我身邊，大家便立刻解除警戒。

雪之下把周遭所有人皆視為不相關人士，即使店員上前推銷，她也用「不必了」三個字堵住對方的嘴，自己認真地挑選衣服。

她偶爾會拿起中意的衣服，上下左右到處拉拉看，那種判斷標準真是奇特。

「我們去下一間店。」

她對衣服的耐穿性沒有信心，迅速摺疊好之後放回架上。

「我說啊，妳如果要用耐不耐穿來挑選衣服，恐怕一輩子都挑不到喔。我不認為由比濱會在意衣服的防禦力。」

反正不會出現怪物，布衣已經很足夠。

「……唉，沒辦法，我只能從材質跟織工判斷……我根本不知道由比濱同學喜歡什麼，又對什麼有興趣……」

這是雪之下到目前為止最深沉、最難過的一口嘆息。

她是因為自己從來沒想過這一點而感到後悔嗎？

不過，現在才後悔也沒有用。

「不知道也沒關係啊，別人對你一知半解就來裝熟，反而更教人火大，就好像拿其他地方的花生送給千葉縣民。」

「你舉的例子太千葉，我無法理解……」

雪之下有點不知該說什麼。唔，她聽不懂嗎？

簡單來說，千葉縣民對花生很挑剔。千葉縣身為全國最大的花生產地，可不是浪得虛名。不過，生產量突破全國的七成以上，未免太厲害了。順帶一提，茨城縣的生產量占全國總量的兩成。

「說簡單一點，像是半吊子的人送酒給侍酒師。」

「原來如此，有道理。」

她點點頭，終於理解我想表達的內容。

對啦，老爸送的生日禮物就很常發生這種事。他們分不出 Play Station 跟 Sega Saturn 的差別，發現超級任天堂賣完，便心想「哎呀，沒差啦，反正 Mega Drive 跟 3DO 也可以玩」。大概像這樣，一知半解之下送的禮物，通常不會讓人滿意。

「……想不到你扭曲的價值觀，也有派上用場的時候。」

雪之下似乎很佩服的樣子，但我絲毫不覺得她在誇獎我。

「挑戰對方精通的領域，的確沒有什麼勝算。如果要獲勝，便得反過來針對弱點

攻擊……」

連挑選禮物都可以扯上戰鬥，妳是亞馬遜的女戰士嗎？

「不是攻擊弱點，應該說是補足對方的弱點。以這個角度來說，便會合乎妳講求

的實用性。」

「有道理。既然如此……」

她似乎想到什麼，往下一家店走去。

我獨自在服飾店斜對面的時尚內衣店外等待，雪之下走進一旁的廚房用品店。

跟大膽賣弄性感和可愛的時尚內衣相比，洋華堂（註30）裡不怎麼起眼的內衣專

櫃更容易讓人想入非非。不過會這麼想的，大概只有我一個人。對了，每年到六

月，他們還會賣學校泳衣，更增添讓人想入非非的要素。

閒聊完畢，回到正題。

廚房用品店內，除了平底鍋、鍋具等一般的烹飪器材，還有酷似某對動物相聲

角色（註31）的防燙手套、形狀像俄羅斯娃娃的餐具組等等精緻的商品。

「喔喔～這的確是由比濱的弱點。」

由比濱不擅長下廚——更正，是她根本不會下廚。我嘗過一次她烤的餅乾，還

註30 日本一間連鎖式的綜合商場。
註31 指牛與青蛙的相聲組合「パペットマペット」。

以為自己吃到京葉HOME CENTER 賣的木炭，不過也可能是JOYFUL 本田（註32）賣的。不管怎麼樣，那味道非常驚人，和其恐怖的外表相符。等等，那與其說是「味道」，用「刺激」來指稱可能更為恰當。

當時雪之下也吃了餅乾。儘管在她以燃燒生命的方式指導之後，由比濱的餅乾總算提升到正常水準，但如果換成工程更浩大的料理，我想她還是做不出好東西。

話說回來，這間店還滿令人愉悅的。

喔？這個鍋蓋真有意思，可以打開握把加入調味料，真是吸引人。討厭啦，我好像笨蛋似的。

除了使用起來很方便的器具，這裡還有真正的炒菜鍋。糟糕，我好想把它拿起來亂揮，同時發出「哈哈哈哈哈」的笑聲（註33）。

不論是在家庭用品店或百圓商店，光是看著這些玩意兒，我便會不自禁地興奮起來。

「這邊，比企谷同學。」

我循聲走過去，看見雪之下穿著一件圍裙。

黑色的料子反而有一種輕薄感，穿在她身上甚至散發出清涼的氣息，胸前還裝飾著貓腳印。

註32　「京葉HOME CENTER」和「JOYFUL本田」均為家庭用品連鎖量販店。
註33　指漫畫《炒翻天》的主角秋山醬。

她把繩子繫成大大的蝴蝶結，凸顯出緊緻的小蠻腰。綁得不是

接著，她如同跳華爾滋般旋轉一圈，檢查頭部和手腕是否方便活動。綁得不是

很緊的蝴蝶結隨之揚起，好像一條尾巴。

「怎麼樣？」

「妳要問我的意見啊……只能說太合適了。」

我想不出其他還可以說什麼。雪之下留著一頭黑髮，跟這種簡約風格相配得一

塌糊塗。我老實地讚美雪之下，不過她沒有看我，而是對著穿衣鏡檢查肩膀、蝴蝶

結和裙襬。現在只有鏡子知道雪之下露出什麼表情。

「……嗯，謝謝你。不過我問的不是我，而是穿在由比濱同學身上怎麼樣。」

「由比濱的話可能不合適。她比較喜歡輕飄飄又花俏的詭異設計吧？」

「雖然那樣說很過分，不過的確是事實，我真不知道該怎麼回答你……」

雪之下一邊說，一邊脫下圍裙仔細摺好。

「不過，應該可以確定從這裡挑選禮物。」

雪之下還沒把摺好的圍裙放回去，便發現下一個目標。她這次仔細地確認口袋

數量和材質。沒錯，材質也是很重要的一環，挑選石棉之類不易燃燒的材質比較

好，因為讓那傢伙用火實在很危險。

雪之下最後選擇一件以淡粉紅色為底，沒有太多裝飾的圍裙。

「這一件好了。」

「嗯，還不錯。」

這件圍裙的兩邊各有一個小口袋，正中間還有一個很大的四次元口袋，很適合感覺會攜帶大量零食的由比濱。

雪之下摺起粉紅色的圍裙走向櫃檯。此刻，她總共拿著兩件圍裙，一件是粉紅色的，另一件是黑色。

「從剛才的布偶開始，其實妳早就想好要買什麼了吧？」

「……這件圍裙並不在我的採購計畫內。」

「所以是衝動購物囉。也是啦，這種事情很常發生。」

「…………」

她張開嘴巴要說什麼，不過還是把話吞回去，只瞄我一眼，便別開視線獨自走去結帳。

難道不是衝動購物？這傢伙真是讓人搞不懂。唯一可以確定的是，那隻貓熊布偶本來就在她的購物清單中。

　　　　×　　　　×　　　　×

我在寵物店買完東西結帳時，雪之下不在身邊。

她並非丟下我先行離去，不管怎麼說，她還沒有無情到那種地步。其實是我要

求暫時脫隊去買自己的東西，她立刻爽快地答應……嗯，果然還是很無情。

我本來打算用手機聯絡雪之下，不過後來想想，她會去的地方大概只有那幾個，於是我離開寵物用品區，走向展售寵物的籠子。

不出我所料，她果然在那裡。

雪之下抱膝坐在地上，嘴角泛起溫柔的微笑，輕輕撫摸小貓，不時撥弄牠的毛，不過因為周圍還有其他顧客，她今天沒有發出「喵～」的叫聲。

看她那副沉醉其中的模樣，我有點不忍心叫她。

正當我思考該怎麼辦時，雪之下撫摸的小貓突然把耳朵轉過來，雪之下見狀也跟著回頭。

「哎呀，動作真快。」

（翻譯：我還想再多摸一下……）

「抱歉。」

我也不清楚自己是因為讓她等待而道歉，還是為回來得太早而道歉。不管哪一種，總之先道歉就是了。

雪之下依依不捨地摸了最後一次，用嘴型發出無聲的貓叫，向貓咪道別後站起身。

「你買什麼？雖然我大概想像得到。」

「嗯，跟妳想的一樣。」

「是嗎？」

她回答得很平靜，不過臉上出現些許滿足，看來猜對答案讓她相當高興。

「不過，我還挺意外你竟然會幫由比濱同學買禮物。」

這句話讓我有點不知該如何回答。

「……哪有。這算是比賽的延伸範圍，我只是決定這次跟妳合作而已。」

「這也已經很難得……難道你生病了嗎？」

雪之下訝異地睜大雙眼，真是失禮。

話說回來，用慶生的方式讓由比濱燃起熱忱，這個點子確實不錯。不過為了這個目的，我也必須好好清算一下自己跟由比濱的關係。要是一直維持曖昧狀態，遲早會再發生同樣的事。

「既然事情辦完了，我們回去吧。」

「好。」

現在大概是下午兩點，想不到我們在裡面逛了這麼久，本來還打算速戰速決的。

在我們離開出口之前，都是由我走在前頭。總覺得即使是回去的路程，若讓雪之下帶路恐怕會永遠都走不出去。大型迷宮只要存在於過去就夠了。

離開的路上，我們經過以全家人和情侶為主要客群的遊樂場。

這裡有代幣遊戲、夾娃娃機、雙人合作的射擊遊戲、把玩家的臉放入角色的賽車遊戲，以及拍貼機，基本上淨是需要大家同樂的機台，所以跟我沒有關係。

我打算快速通過這一區，但雪之下停住腳步。

「怎麼？妳想玩嗎？」

「我對電動沒有興趣。」

她嘴巴那麼說，眼睛倒是牢牢盯著夾娃娃機——不對，根據我的仔細觀察，其實並非如此。我隨著她的視線看過去，發現她只盯著其中一台夾娃娃機。

那台機器裡堆滿眼熟的布偶。

看透世界黑暗的陰沉眼神、足以撕裂竹子和野獸的爪子、在燈光照射下散發不祥光芒的獠牙……那是貓熊強尼。這個角色魄力十足，難怪名字裡有個「強」字。

「……要試試看嗎？」

我一定是吃了某種奇怪的蒟蒻，才能解讀雪之下的話中含意，同時跟她進行對話。

（翻譯……我只想要裡面的布偶。）

「不用，我一點也不想玩遊戲。」

「哎呀，這算是在挑釁嗎？難道你看不起我？」

「唉，想要布偶的話就試試看嘛，雖然我不認為妳夾得起來。」

雪之下散發出寒氣，看來她身上的開關打開了。

「不要誤會，我不是在批評妳的技術，而是這種遊戲在熟練之前本來就很難夾到娃娃。小町每次玩，也從來沒成功過。」

她一直把硬幣丟進去，像是餵存錢筒似的，我看著看著都為她感到可憐。縱然我搬出小町當例子，也無法澆熄雪之下的好勝心。她掏出一張千圓鈔票塞進兌幣機。

「既然這樣，讓自己熟練不就好嗎？」

語畢，她將一疊百圓硬幣放在投幣孔旁邊，準備霸占這個機台。

雪之下投入一枚硬幣後，機器發出「哇嗚嗚⋯⋯」的古怪聲。

她緊緊盯著機器，一動也不動。

「⋯⋯⋯⋯」

她的表情很認真，非常有氣魄。

這傢伙⋯⋯該不會⋯⋯不知道怎麼操作吧⋯⋯

「右邊的按鈕控制左右，左邊的按鈕控制前後，妳要按住按鈕，機械手臂才會移動，放開的話它會立刻停下。」

「喔⋯⋯謝謝你。」

雪之下紅著臉開始玩抓娃娃機。她先把機械手臂往右移動⋯⋯嗯，沒錯，很簡單吧。接下來，再把手臂往裡面移動⋯⋯喔喔，位置不錯。

然後，機械手臂「哇嗚嗚⋯⋯」地叫著，準備抓取下方的布偶。這、這隻手臂是怎麼回事？聲音未免太可愛。

「⋯⋯夾到了。」

雪之下細微的聲音傳入耳中。我轉過頭，看見她握拳擺出小小的勝利動作。

可惜那隻手臂「哇嗚嗚……」地鬆開布偶，回到原本的地方，再也不吭一聲。

失敗。

「對吧？剛開始是不是很難？」

我如此安慰雪之下，她則氣呼呼地瞪著那隻手臂。

「……等一下，剛才明明有夾到吧？為什麼會鬆開？」

她用平時對我咄咄逼人的語氣質問機械手臂。在她強大的魄力之下，最後是我改變態度。好恐怖好恐怖。

「哎呀，妳看看，妳要的布偶不是已經掉到比較好拿的地方嗎？我記得夾娃娃的訣竅，在於一次一點地慢慢移動。」

我把機台上的操作提示念給她聽。

「這樣啊……手臂的抓力不夠，所以得多夾幾次。」

她瞭解之後，再度投入一枚百圓硬幣。

哇嗚嗚……

「……可惡，又來了。」

哇嗚嗚嗚嗚……哇嗚嗚嗚嗚……

「給我識相一點……」

哇嗚嗚……

「唔！」

如果只聽現場的聲音，別人一定以為雪之下在虐待機械手臂。

儘管她的表情很冷靜，手邊的硬幣卻迅速消失。妳還不肯放棄嗎……

看她那個樣子，不論再試多少次都不會成功。

「……妳太遜了吧。」

「什麼……敢說這種話，代表你很厲害囉？」

雪之下用力瞪著我，我自信滿滿地回答：

「沒錯，以前小町常常吵著要我夾給她，所以我已經練得很拿手。小町總會央求

哥哥的尊嚴豈不是蕩然無存嗎？

老實講，不知從什麼時候開始，我變得完全聽任妹妹擺布……這樣一來，身為

「先閃一邊，我一定會拿到手。」

聽我這麼說，雪之下帶著狐疑的眼神，老大不甘願地讓出位置。

「讓妳看看我的獨門絕活。」

我緩緩抬起右手，高舉到半空中。

雪之下滿心期待地看著我的手，等待接下來發生的事。

還沒……再等一下……現在最重要的是掌握時機。

我……

「難怪……」

這時，視線範圍出現一道迅速晃過的黑影。

就是現在！

「不好意思～～我想要這個布偶。」

「沒問題～請問是這隻貓熊強尼沒錯吧？那麼我要夾囉！」

哇嗚嗚……機械手臂發出一陣哭泣後，布偶「咚」的一聲落入洞口。

「來，請收下。」

遊樂場的大姐姐帶著親切的微笑，把貓熊強尼遞給我。這即為最近經常出現的

「代客取物服務」。

「謝謝妳。」

我道謝後，大姐姐也回以燦爛的笑容，然後離去。

至於一旁的雪之下，則用比平常更不開心的表情看著我。

「怎、怎麼啦……」

「沒什麼……只是好奇，你不覺得這種人生很丟臉嗎？」

「雪之下，妳要知道，人生是萬物中最有價值的東西。為自己的人生感到丟臉，

才是最丟臉的事。所以看著我的行為，嘲笑『哈哈哈，真丟臉』的傢伙，才是真正

不配活下去的人。」

「前面說得那麼好聽，最後卻充滿恨意……」

雪之下露出一副受不了的樣子，梳起頭髮嘆一口氣。

「真是的……難得看到你那麼認真，結果是用這種方法……」

「我本來就沒有說要自己夾，只有說會拿到手。喏，拿去。」

我把貓熊強尼塞給雪之下，但是她推回來。

「這是你得到的東西。即使我再怎麼不想認同那種手段，但確實是你的功勞。」

連在這種小地方，雪之下也很講道理。該說她很執著呢？還是死腦筋呢？哎呀，都不對，這應該叫做彆扭。

要論彆扭，我可是不輸人的。

「不行，我不需要這個東西，而且是妳投幣付出等值的金額，所以自然有義務接下它。」

聽完我這番話，雪之下推卻的力道減弱，貓熊強尼的布偶來到她手中。

「……有、有道理。」

她看向自己懷裡的布偶，接著瞄向我。

「……我不會還你喔。」

「都說我不要啦。」

誰想要那種凶神惡煞般的玩偶？

而且，她把玩偶抱得那麼緊，我怎麼狠得下心開口要回來呢？

其實雪之下也有可愛的地方嘛，本來以為她比我想像的還冷酷。

她注意到我略帶微笑的表情，有點害羞地別過頭，臉頰微微染上紅暈。

「……布偶感覺不太適合我，還是跟由比濱同學或戶塚同學比較配。」

「前者不做評論，後者我同意。」

戶塚跟布偶簡直是絕配，有如紅豆麵包配上牛奶。

「不過，妳喜歡布偶這點讓我滿驚訝的。」

我率直地說出內心的感想。雪之下並沒有生氣，只是不停撫摸那隻布偶。

「……我只喜歡貓熊強尼，對其他的布偶沒有興趣。」

她動動貓熊的雙手，那雙利爪跟著響起可怕的咯吱聲。

如果不考慮那個聲音，造型上的確相當可愛。

「我一直有蒐集布偶這些東西的習慣，不過這類獎品跟市面上的商品不同，只能透過夾娃娃機取得，這點一直讓我很頭痛。雖然曾想過在網路拍賣上購買，但是網拍商品的狀況無法保證良好，賣家提供的圖片也可能經過加工，所以始終無法下定決心……」

這、這些理由一點都不可愛……

我不禁嘆一口氣。

「不過，妳真的很喜歡貓熊強尼耶。」

今天目睹雪之下對貓熊強尼執著的一面，讓我脫口說出這句話。雪之下聽了，目光忽然望向遠方。

「……沒錯，那是我小時候的禮物。」

「布偶嗎？」

「不，是原作的原文書。」

「咦？這東西有原作啊？」

我在驚訝之餘，忍不住開口問道。不過，這是一個錯誤的決定。

下一秒，雪之下彷彿著魔似的，滔滔不絕地說道：

「貓熊強尼的原作書名為《Hello, Mr. Panda》，改名前叫做《Panda's Garden》。據說這本書的起源，是美國的生物學家蘭德‧麥金塔先生為了研究貓熊，舉家遷去中國後，為不適應新環境的兒子所寫的故事。」

「……雪基百科啟動了。」

我帶著半厭煩的語氣開玩笑打斷她，雪之下仍毫不在意地說下去。

「得士尼版重新設計的角色個性更加鮮明、名氣更響亮，不過原作的設定也很出色。裡面不但包含東西文化的隱喻，還融合成一個架構完整的故事，技法實在非常高明。最重要的是，故事中隨處可見父親對孩子的愛，以及傳達給他的訊息。」

「咦？是那樣的故事嗎？我以為牠只是一天到晚嚷嚷『我要吃竹子～我要吃好多好多竹子～』，吃完竹子還會打起醉拳的角色。」

「……得士尼的版本的確很強調那一面，所以我沒辦法說什麼。不過，那個設定在原作中只算是一點皮毛，你只要看過一次便能瞭解。翻譯版本也很不錯，但我還是推薦原文版。」

雪之下好像真的很樂在其中。

我可以體會這種感覺，聊起自己喜歡的東西便會像這樣子。我在國中時代，曾跟同學談了整整三十分鐘自己喜歡的漫畫，結果我們本來即將成為朋友，最後卻被他疏遠。聽到對方說「比企谷平常不太說話，只有聊到漫畫時才說個不停，感覺有點……」時，我實在有點想去死算了。

不過，我認為暢談自己喜歡的東西是一件好事，即使喜歡的東西不流行、不受大眾歡迎。

我從來不會考慮該選擇自己喜歡的東西，還是跟對自己沒什麼好感的人交朋友。

只是，因為這樣便要求我看原文書，我也很傷腦筋。如果是禁書，我可能還願意看。

「不過，妳從小就會英文啊？」

「怎麼可能？我當然不會。可是，當時因為很想看懂，我還一邊查字典一邊看，感覺很像在玩拼圖遊戲，非常快樂。」

雪之下想起多年前的往事，眼神相當柔和。

接著，她低喃道：

「……那是我的生日禮物。說不定正因為這樣，我才對它更有感情……所、所以……」

雪之下難為情地把臉埋入玩偶，藏起表情看向我。

「所以，得到這個布偶……」

「咦？是雪乃嗎？啊，真的是雪乃！」

某個人大刺刺地過來，打斷雪之下的話。

這個聲音很熟悉，很像某個人。我找出是誰說話時，不禁啞口無言。

豔麗的黑髮，細緻透明的白皙肌膚，端正的五官——我很少看到如此耀眼的姿態，即使全身散發出清純感，親切的笑容還是增添不少華麗。

眼前是一位姿色驚人的大美女，她合掌對身後一群男男女女道歉，示意他們先走，大概是和那群朋友一起來玩的。

我有一種似曾相識的感覺，但是另一種不自然的感受更強烈。

「姐姐……」

雪之下原本鬆懈的表情頓時轉為驚恐。我聽到這句話立刻回頭，看見她把布偶抱得更緊，肩膀也僵硬起來。

「什麼？姐姐……咦？」

我來回比較雪之下跟眼前的這名女子。

對方的年紀大約是二十歲上下。

整體服裝以白色為底，輕飄飄的蕾絲給人柔和的印象，伸出的四肢則突顯出肌膚之美。雖然露出的部分很多，看來卻出奇地高雅。

她跟雪之下的確很相似。如果雪之下屬於固態之美，這位女性則充滿液態的魅

力。

「妳在這種地方做什麼？喔～～約會！妳在約會對吧！」

「………」

這位女性不斷用手肘頂雪之下，跟她開玩笑，但雪之下只露出冰冷的表情，貌似相當頭痛。

「………」

嗯……外表是很像沒錯，性格卻相差很遠。

如果冷靜下來仔細觀察，會發現她們有不少相異之處。

首先是胸部，雪之下沒什麼料，她姐姐則豐滿得恰到好處。纖細的身材配上賞心悅目的胸部，簡直是最強組合。

我懂了！先前覺得不自然的地方，原來是胸部的大小！喔，不對，不只這樣。

「我說啊，那位是雪乃的男朋友嗎？」

「……不是，是學校同學。」

「又來了～～有什麼好害羞的？」

「………」

哇，雪之下瞪姐姐的眼神好凶狠……明明那麼恐怖，她姐姐卻用笑容應付過去。

「我是雪乃的姐姐，名叫陽乃。你要跟雪乃好好相處喔～」

「是，我是比企谷。」

既然對方報上名字，自己也要報上名字回應。這名女性的全名應該是雪之下陽

乃，記住了。」

「比企谷……喔……」

陽乃短暫地思考一會兒，從腳底到頭頂快速打量我。這一瞬間，我突然覺得身體發寒，像是被綁住似地無法動彈。

「比企谷對吧？好，請多多指教♪」

不過隨著陽乃對我微笑，那種感覺跟著消失。剛才是怎麼回事……被美女盯著看，害我太緊張嗎？

陽乃如同其名，個性像陽光一樣開朗。儘管外表跟雪之下很相近，給人的印象卻大不相同。雪之下的冰冷形象非常強烈，她姐姐的表情則非常豐富。沒想到同樣是笑臉，也能有那麼多種變化。

此外，原來隨著個性不同，相同的五官會產生如此不同的印象，令我打從心裡感到佩服。

現在我明白她們不像的理由了，但還有一種難以言喻的不自然感，在心頭揮之不去。

看來真正的原因還在其他地方。

我疑惑地看向陽乃，她跟我對望一眼後，立刻轉向雪之下。

「啊，這不是貓熊強尼嗎？」

她興奮地說著，手伸向雪之下抱住的布偶。

「我很喜歡這個東西喔～真好～軟綿綿的～好羨慕雪乃～」

「不要碰它。」

雪之下的語氣很強硬，讓我感到耳朵內部一陣麻痺。那句話的聲音不會特別大，但是強烈的拒絕之意刺得我耳膜發痛。

陽乃也是一樣，始終掛在臉上的笑容瞬間凍結。

「……哇，嚇我一跳。對不起啦，雪乃～所、所以這是男朋友送的禮物嗎？姐姐有點不識相呢。」

「不對，我不是她的男朋友。」

「喔？你也生氣啦？要是你弄哭雪乃，姐姐可不會原諒你喔！」

陽乃伸出食指訓斥我，接著戳上我的臉頰開始轉動手指。痛痛痛！會痛啦！而且太近太近太近了，怎麼那麼香！

透過與人之間的距離，可以明白一個人的社交能力。陽乃竟然靠得這麼近，代表她的社交能力強得驚人。

「姐姐，夠了。妳沒有什麼事的話，我們要回去了。」

即使雪之下開口制止，陽乃仍是完全當成耳邊風，**繼續玩弄我的臉頰。**

「快點從實招來！你們是什麼時候開始交往的？」

「喂！拜託妳趕快停手！」

陽乃的食指持續對我發動戳臉攻擊，待我發現時，我們兩人已經緊緊黏在一起。不對，根本已經碰到了！啊，跑掉了！又碰到了！她的胸部不斷進行「Hit and

Away）攻擊，難道是拳王阿里不成……

「……姐姐，請妳適可而止。」

一陣陰沉的聲音傳來，雪之下毫不掩飾自己的不耐。她撥起頭髮，朝陽乃投以蔑視的眼神。

「啊……對不起，雪乃，姐姐好像有點太興奮。」

陽乃這才輕鬆地笑笑，為自己的行為道歉。感覺這對姐妹一個是天真爛漫，一個是神經質。

她接著湊過來對我咬耳朵。不是說妳靠得太近嗎？

「抱歉啦，雪乃是個神經很纖細的孩子……所以你要好好照顧她喔。」

這時，一陣最大的不自然感襲來，我嚇得整個身體往後仰。

陽乃似乎對我的反應感到意外，於是把上半身往右偏，閉著眼睛沉吟思考。那個動作太可愛了，如果附近的男生看到，應該會在一瞬間被奪走心神。

「是不是我做了惹你不高興的事？是的話，我向你道歉。」

她吐著粉紅色的舌頭跟我賠罪，那個舉動激起我的保護慾，讓我頓時感到一股罪惡感。得趕快想個理由才行！

「啊，沒有啦，因為……嗯，耳朵是我的弱點。」

「不要對初次見面的女性公開你的癖好，比企谷同學。要是被告了可別哇哇叫。」

雪之下像是頭痛似地輕輕按住額頭。

至於陽乃則恢復之前親切的笑容。

「啊哈♪比企谷真是有趣～」

我完全不知道自己戳中陽乃的哪一點，令她大笑著用力拍打我的背。就跟妳說這樣靠太近啦！

「對了，比企谷，方便的話要不要一起喝杯茶？姐姐得知道你適不適合當雪乃的男朋友。」

她得意地挺起胸膛，對我眨一下眼睛。

「……怎麼講不聽？我不是說過我們只是學校同學嗎？」

雪之下的聲音宛如極北之地吹來的暴風雪，既冷冽又帶刺，將陽乃的調侃吹得無影無蹤。那是不由分說的拒絕。

不過，陽乃這次笑著輕鬆帶過。

「人家第一次看到雪乃跟人出門，當然會以為是男朋友囉！所以才這麼高興。」

說到這裡，她又「呵呵呵～」地笑著，好像覺得很有趣。

「青春只有一次，一定得好好享受才行。啊，不過也不可以玩得太瘋喔！」

陽乃開玩笑似地左手扠腰，豎起右手食指湊過來提醒我。接著，她維持那個姿勢靠近雪之下的耳邊，小聲對她說：

「媽媽還在氣妳一個人搬出去住。」

雪之下聽到「媽媽」這個字的瞬間，身體頓時僵硬。

現場出現短暫的沉默，我甚至覺得吵雜的遊樂場聲音，也像退潮似地逐漸變小。

一秒鐘後，她抱好手中的布偶說：

「……這跟姐姐沒有關係。」

現在的她並沒有看著陽乃，而是盯著地面說話。

不論什麼事情，雪之下總是正面面對，也不屈服於任何人，從來不會低頭。但

這幅景象讓我感到一陣衝擊。雖然雪之下偶爾也有消沉的時候，但我從來沒看

過她屈服於人。

陽乃僅用嘴角微笑一下。

「這樣啊。也對，跟姐姐沒有關係。」

接著，她迅速地跳開。

她用「嘿嘿」的笑聲掩飾過去，重新看向我。

「雪乃有在認真思考就夠了，看來是我多管閒事，抱歉抱歉。」

「比企谷，等你真的成為雪乃的男朋友，我們再去喝茶吧。再見！」

最後，她對我燦爛一笑，在胸前輕輕揮手道別，小跑步離去。

陽乃彷彿真的全身散發出光芒，我的眼睛眨也不眨地看著她離去，直到對方完

全消失不見。

之後，我們重新邁開腳步。

「妳姐姐真厲害……」

我忍不住說出這句話，雪之下點頭同意。

「見過她的人都這麼說。」

「是啊，可以瞭解。」

「嗯，外型亮麗、腦筋一流、文武雙全、多才多藝、敦厚篤實……沒有人能像她

那麼完美，大家總是讚不絕口……」

聽我這麼說，雪之下驚訝地抬起頭。

「啊？妳不是也差不多嗎？這是變相的吹捧自己吧？」

「……咦？」

「我是說那種……嗯，該怎麼形容呢？那種很像包上一層動力服的外表很厲害。」

要把那種動力服說成 Mobile Suit 也可以。我之所以覺得雪之下陽乃有種不自然

的感覺，即是出自這個原因。說她「把自己包起來」，應該是最為貼切的形容。

「對不受歡迎的男生而言，妳姐姐是非常理想的類型。可以輕鬆地開口聊天，對

人又好，臉上總是掛著笑容，甚至有辦法跟我正常說話，還有，嗯……肌膚交流非

常密切，感覺很柔軟……」

「你知不知道自己說的話有多下流……」

「笨、笨蛋！我是說她的手！手的觸感！」

儘管我拚命辯解，雪之下蔑視的眼神並沒有因此趨緩。我只好提高音量轉移話

題。

「那只是理想狀態，現實中不會成真！所以我是說，她感覺不太老實啦！」

不受歡迎的獨行俠，搞不好是世界上最現實的一群人。

我時時刻刻把不受歡迎者的三大原則銘記在心，亦即「不擁有（希望）、不創造（心靈縫隙）、不要求（甜言蜜語）」。最強的戰士日以繼夜和名為「現實」的最強敵人戰鬥，絕不會落入那種膚淺的陷阱中。

即使世界上有所謂的好女人，也沒有呼之即來、揮之即去的女人。

——比企谷八幡

我靈光一閃，想到這麼一句名言，趕緊把它記下來。

雪之下認真地凝視我的眼睛。

「……雖然你總是一副死魚眼——不對，正因為是死魚眼，才有辦法看出來呢……」

「那句話算是稱讚嗎？」

「我是在稱讚你沒錯，而且是大大地稱讚。」

我怎麼完全感覺不出來……

雪之下不高興地盤起雙手，視線望向遠方。

「正如同你所說，那只是她表現出來的樣子。你知道我家裡的事情吧？她是家中

的長女，因為工作關係，經常得前往各處拜訪和參加宴會，結果讓她產生那樣的一面……你還滿厲害的。」

「喔，這是老爸教我的，他說如果老爸看到大姐姐在可疑的畫廊裡賣畫，一定要格外留意。對於第一次見面就那麼親暱的人，我一向很小心。以前老爸就被騙過，還因此背了不少債。」

我媽甚至差一點被氣死。

總之，多虧家裡的英才教育，我到目前為止都沒被騙過，往後的人生中應該也不會被騙。

雪之下聽完，撫著太陽穴輕嘆一口氣。

「唉……真是愚蠢的理由。姐姐大概想不到，自己會因為那樣而遭到懷疑。」

她完全不知該做何反應，但我的理由不僅如此。

「還有，她跟妳長得很像，笑起來卻完全不同。」

我分得出真正的笑容──不諂媚、不欺瞞、不敷衍的笑容。

聽我這麼一說，雪之下加快腳步走到我前頭。

「……愚蠢的理由。」

她轉過頭，用平常那副有些冰冷的表情看向我。

「……我們回去吧。」

她小聲說道，我點點頭。

接下來在回家的路上，我們再也沒有任何交談。

我沒問她什麼，她也沒對我說什麼。其實，我們應該都有話要說才是。

然而，我們選擇互不侵犯，保持以往的距離。兩人之間的關係，只像是電車上座位相鄰的乘客。我們就這麼度過一段空白的時間。

即將抵達下車的車站時，雪之下先起身，我跟在後面。

通過剪票口後，雪之下稍微停住腳步。

「我要往這裡走。」

她指向南邊的出口。

「嗯，再見。」

我轉向北邊的出口。

這時，背後傳來雪之下細微的聲音。

「我今天很快樂，再見。」

我不禁懷疑自己是否聽錯，連忙回過頭，但雪之下已經邁開腳步，完全沒有要轉頭的意思。

最後，我就這麼目送她離去，直到再也看不見為止。

這、這次絕對要打聽出來！

那麼，哥哥會跟結衣姐姐說什麼？

小町指的是對話。

她們的感情真好～

喔喔？

……這樣不行啦～～
對大家都很好的女生很稀有喔！
哥哥應該要更相信她！因為女生只會對拿得到好處的人溫柔！

嗯……蕩婦之類的。

對話嗎？
不過她大部分都在跟雪之下聊天，我幾乎只有旁聽的份。

是啊。
不過，我覺得她還滿不錯的。

她對每個人都很好，這也是我到現在還無法相信她的部分。

關於
由比濱結衣

妳最後那句話，反而讓我完全不想相信她……

5

即使如此，
材木座義輝依然獨自於荒野慟哭

星期一，用英文來說是Monday，發音跟日文的「揉我」很相似。然而，星期一並不會因為聽起來色色的，便成為值得高興的一天，只會讓人想到「又要再上一週的課……」而大口嘆氣。我當然想請假不去上課，但不可能有人願意幫忙抄筆記和拿講義，這麼一想，出席率便自然提高。

我花錢去學校上課都想請假了，不必花錢便能去公司上班的人想必更想請假。

不過請假會造成同事的困擾，所以我一開始就想選擇不要工作。

話說回來，那群現實充嘴上說著「喔～超不想上學的～慘了！我放暑假時把課本弄丟啦」，但為什麼那麼喜歡來學校呢？你們天天都會來報到吧？現實充的特色是心口不一，所以說謊是成為現實充的開端。

我在早上的班會時間前一刻，進入喧鬧不已的教室。

教室內已經分成好幾塊殖民地：有男有女的現實充一軍、想泡妞的現實充二軍、參加社團卻不是正式選手的運動員、御宅族集團、女性中堅分子、文靜的女生，以及幾個獨行俠。這些獨行俠也可以細分成不同種類……我看這方面還是算了。

大家都沉浸在各自的聊天中，沒有人注意到我走進來。等一下，使用「注意」這個字不太正確，應該說沒有人「理會」我比較貼切。

我在教室內的島嶼間穿梭，來到自己的座位。

現實充一軍和御宅族集團就在旁邊。

那群人只要聚集起來，著實很讓人煩躁，但如果其中有人來得太早，則會不耐煩地玩起手機，納悶「他們怎麼還不來……」，或是假裝撥頭髮，偷瞄教室門口，這些行為其實挺可愛的。

他們擁有很強的同伴意識，幾乎不跟圈子之外的人打交道，獨自行動時也不會加入其他群體。從這個角度思考，他們其實非常排外，差別待遇也很嚴重。

反過來說，獨行俠簡直是博愛主義者。他們不愛任何人，其實正是愛著所有人的表現。哎呀，看來我被尊為聖人比企谷，只是時間早晚的問題。

走到座位坐下後，第一件事便是發呆。我會端詳自己的手，思考「最近指甲又長長了」、「咦，我的生命線變短啦」這些有的沒的事，所以一點也不無聊。如果要論虛度時間的能力，我可是一點都不會輸人。

這是哪門子的無用能力……

當我發動自己習得的一大堆無用技能時，課程在不知不覺中結束，一晃眼來到放學時間。我甚至以為自己徹底精通那些技能，因而喚醒替身能力。

我速速收拾書包站起身。

今天我也完全沒跟隔壁的女生說話。日本的英文教育之所以無法成功，八成是因為要求學生在上課時分組練習。

來到侍奉社時，早我一步離開教室的由比濱已經出現在那裡。不過她沒有進入社辦，而是站在門口不斷深呼吸。

「……妳在做什麼？」

「哇啊！是、是、是自閉男啊。嗯……該怎麼說呢，前一陣子的氣氛實在有點尷

尬……」

她尷尬地移開視線。

「…………」

「…………」

我們都陷入沉默。

兩個人就這麼低著頭，避免對上視線。這時，我發現社辦的門微微開著，透過門縫一看，雪之下正坐在專屬於她的座位，一如往常地看書。

パァ
パァ

看來由比濱很猶豫要不要進入社辦。

我可以理解，畢竟她整整一個星期都沒有來社團。

不論是學校還是打工，一旦突然請假，接下來便會不知道該如何面對大家。我自己也一樣，曾經三次因為蹺班後感到尷尬而再也沒有回去工作。不對，如果加上連報到都沒去的工作，總共是五次。

因此，我很瞭解由比濱此刻的心情。

「好啦，進去吧。」

因為如此，我半強迫地把她拉進社辦，還故意用力開門昭告天下。

我發出的噪音引起雪之下不悅，她猛然抬起頭。

「由比濱同學……」

「哈、哈囉，小雪乃……」

由比濱稍微舉手打招呼，刻意擠出開朗的聲音，雪之下則若無其事地又將視線投回書本上。

「快點進來，不要一直待在那裡，社團活動已經開始了。」

雪之下低下頭其實是要掩飾自己的表情吧，但我仍然可以明顯看出，她的臉頰泛起一陣紅潮。還有她說話的口氣，活像見到離家出走的女兒回來的母親……

「嗯，好……」

由比濱如此回應，走向之前的座位，亦即雪之下的隔壁拉開椅子，不過兩人的

椅子之間保留偌大的間隔，幾乎可以再塞進一個人。

我坐到自己的老位子，也就是雪之下的斜對面。

平常這種時候，由比濱會開始玩自己的手機，但她今天只是將雙手放在膝蓋上坐著不動，椅子也只坐一點點。雪之下努力不要太注意她，結果恰恰相反，反而因為太過注意，從剛才開始整個身體便完全僵住不動。

現場的靜默讓人悠哉不起來，充斥著緊繃的氣氛，連我自己扭動身體發出聲響，也會在意這個老半天。一點輕微的咳嗽都會產生回音，秒針滴答滴答的聲音不斷在耳際徘徊。

我們三人都閉口不語，同時豎起耳朵，仔細聆聽任何一個人準備開口說話的徵兆。

只要有人稍微喘口氣，大家便立刻把眼睛瞄過去。

這陣沉默真漫長……我看看手錶，發現時間才經過不到三分鐘。怎麼回事？這裡是精神時光屋嗎？我甚至感覺得到，社辦的地心引力和大氣壓力正逐漸對我們施加重量。

我盯著秒針滴答滴答地走過，剛好繞完一圈時，耳邊傳來微小的說話聲。

「由比濱同學。」

雪之下「啪」一聲闔起手中的書，深深吸氣後聳起肩膀，再緩緩吐氣。

她接著轉向由比濱，張開嘴巴準備說話，但聲音遲遲沒有出來。由比濱的身體朝向雪之下，眼睛卻盯著地面，沒有看向對方。

「啊，那個⋯⋯小雪乃是要說⋯⋯妳跟自閉男的事，對吧？」

「對，我想跟妳談談我們往後的發展——」

雪之下才剛開口，由比濱立刻打斷她。

「啊，不用啦，你們根本不需要在意我。雖然我真的很驚訝沒錯，還是該說有點意外呢⋯⋯不過，你們真的完全不用在意。這是一件好事，應該要慶祝一下才對⋯⋯」

「想、想不到妳清楚⋯⋯我的確想好好慶祝一下，而且⋯⋯我很感謝妳。」

「討、討厭啦⋯⋯人家根本沒做什麼需要感謝的事⋯⋯完全沒有⋯⋯」

「妳果然沒什麼自覺，不過我真的很感謝妳⋯⋯再說，本來就不是因為妳做了什麼事情而需要慶祝，純粹是我個人想這麼做。」

「⋯⋯嗯。」

總覺得這兩人在雞同鴨講⋯⋯

她們只聽進句子裡的關鍵字，其餘部分都是靠各自的想像填補。由比濱的態度和用字都很曖昧，雪之下則淨是害羞地說些引人遐想的話，造成整段對話很不自然，只靠營造出的氣氛勉強溝通。

雪之下笨拙地表達平時說不出口的感謝，難為情地臉紅。另一方面，由比濱越是看到她那副害羞的模樣，表情越是黯淡，不時擠出笑容掩飾，忍著眼中的淚水。

「所、所以⋯⋯嗯⋯⋯」

雪之下開口要說些什麼，然後又陷入沉默。

這是一段相互試探、戰戰兢兢、提心吊膽的時光，可能連十秒鐘都不到，但是要再度開口之前，這段寂靜已經夠沉重。我們三人各自盯著不同的地方，勉強熬過這種氣氛。

然而，門外沒有任何回應，我們只聽到「咻嚕嚕嚕嚕⋯⋯」的嘶聲，以及急促的喘息。

「那、那個⋯⋯」

由比濱下定決心打破僵局時——砰砰砰！一陣焦急的敲門聲響徹社辦。雪之下輕輕闔上書本，對門口說：「請進。」

我跟雪之下對看一眼。她點點頭，要我出去查看情況。我腦中本來閃過「妳自己出去」的想法，不過讓女生去調查那種可疑的呼吸聲，實在說不過去。

我一步步走向門口，距離不明的呼吸聲越來越近。此時此刻，寂靜的侍奉社社辦中只容得下兩種聲音，一種是我的腳步聲，另一種是門外的喘息。

我走到門口時吞了一口口水，一想到這扇門的對面有個未知生物，不由得緊張起來。

我握住門把，戰戰兢兢地開啟——下一秒，眼前猛然出現一團大黑影，彷彿要撬開細微的門縫。

「嗚喔喔〜〜八幡Ａ夢〜〜」

「原來是材木座……還有，不要那樣叫我。」

那團黑影其實是材木座義輝。六月已經過一大半，現在天氣熱得要命，但他仍然裹著黑色大衣，氣喘吁吁地抓住我的肩膀。

「八幡Ａ夢，聽我說！他們實在太過分啦！」

才剛講過不要亂取名字，他仍無視我的抗議繼續說下去。這傢伙真是讓人火大，於是我用力把他推出門外。

「抱歉，材木座，這間侍奉社只能給三個人用。對吧，胖虎？」

「為什麼要看我……」

雪之下不悅地瞪向我，不過我不予理會。

「八幡，等一下！現在不是開玩笑的時候！如果你不喜歡八幡Ａ夢這個名字，改叫忍者八特利也行，總之請先聽我說！」

「我竟然被最大的笑話說在開玩笑……」

真讓我有點意外。

「哼，趁現在！」

材木座看準這一瞬間的破綻，「唰～」地滑進社辦內部。他的滑壘動作還滿厲害的，不過大衣因此沾上一片灰塵。

「很好，沒有敵人……看來是潛入成功了。」

他假裝提高警覺地觀察四周，接著立刻把諜報員的設定拋諸腦後，大剌剌地拉

開手邊的椅子坐下。既然要演，請演到底好不好……

「那麼，諸君，今天我有事情前來打擾。」

「雖然我不怎麼想聽……」

我們全都面露複雜的表情，雪之下甚至打開書本，完全沒有聽材木座說話的意願。妳未免轉變得太快。

但材木座只是笑著舉起一隻手，示意我閉嘴，他的種種行為都讓人看了就火大。

「先聽我說完。前幾天，我不是說要成為遊戲的劇本家嗎？」

嗯，他好像說過類似的話沒錯。

「不是輕……什麼的那個嗎？」

由比濱有些不解。

「唔……說來話長。由於輕小說作家的收入不穩定，所以我放棄了，還是進入公司工作比較好。」

「哪裡說來話長，才三句話而已。還有，雖然不是很重要，但請你別一直看著我說話。」

材木座依然不擅長跟女生說話，從剛剛開始，他說話時始終看著我。更正，應該說是被潑了一桶冷水比較貼切。原本的三個人都覺得精疲力竭，唯有材木座仍然很有精神。

「唔呵，關於我說的遊戲劇本家……」

「只有設定跟大綱的話，我們不予受理。」

「唔咳咳！並非如此，而是阻撓我野心的傢伙出現了，難道是嫉妒我的才

華——」

「你說什麼……」

我開始覺得憤怒。不對，我是真的生氣了。

這傢伙竟然有臉說出「才華」這種大話，我恨不得狠狠揍他幾拳。

「八幡，你知道遊戲社嗎？」

「啊？遊戲什麼？遊戲王？」

我沒聽過他說的東西，於是脫口反問。正在看書的雪之下這時翻過一頁，回答

我：「那是今年剛成立的新社團，主要活動是研究各類娛樂遊戲。」

「啊？那不就是遊戲同好會嗎？」

「的確。不過這間學校只有社團，沒有同好會。雖然就實際活動和規模來說，稱

為同好會比較好理解。」

想不到我們學校有這種團體……

「那個遊嬉社怎麼了嗎？」

由比濱把「遊戲」這個字念得很奇怪。材木座聽到她提問，又短暫思考一下。

「嗯……喔，好。昨天我去遊樂場玩，因為我在那裡比較有話聊，不會像在學校

這樣。總之，我跟那裡的格鬥遊戲同好暢談寫遊戲劇本的夢想。」

……說得那麼好聽，其實只是一種妄想罷了，對方得聽他聊那些東西也真辛苦。

「在場眾人無不折服於我的熊熊野心，我受到滿堂喝采…」『加油！我們支持你』、『不愧是劍豪先生，能夠輕鬆辦到我們辦不到的事』、『太感動了！我好崇拜你』。」

你難道不明白，沒有人跟你認真嗎？他們已經拿去當作茶餘飯後的話題了——這種話我說不出口。看到材木座想起當時的情景立刻變得眉飛色舞，我實在沒辦法戳破他的美夢。

「可是！在場竟然有一個人跟我說不不不不可能，少少少少做白日夢！我好歹是個大人，所以當場先回答他『是、是啊～』。」

材木座，那樣太難看了。

他想起那一幕，立刻燃起怒火，「呼……呼……」地喘氣。他從書包裡拿出兩公升的寶特瓶裝水猛灌，解除喉嚨的渴後繼續說下去。

「我也不是被人那樣講便退縮的大人！」

「所以你究竟是不是大人……」

「雪之下不耐煩地低喃，材木座因此受到驚嚇，微微露出恐懼之色。

「所以等他回去後，我在聖靈眾的千葉討論板留下一堆戰文。哼，那傢伙絕對氣得臉紅脖子粗。」

「你真是差勁……」本來還以為你會做出多帥氣的事……」

「唔，後來我發現他好像也是這間學校的學生……今天早上打開留言板一看，事

情已經演變成要以遊戲對決。留言板上的人又在煽風點火……八幡，我該不會是被討厭了吧？」

「我哪知道……不過，用遊戲對決還滿好的，你好好修理他一頓不就得了？」

「哈哈哈！不可能……對方玩格鬥遊戲比我強多了。」

「咦？你不是很厲害嗎？」

「跟一般人比是不會輸沒錯，但是八幡，所謂天外有天、人外有人，你知道一流的格鬥遊戲玩家，甚至會簽職業契約嗎？」

「職業……還有那種東西啊？」

「沒錯。格鬥遊戲博大精深，也有很多是非。雖然那個男的不到職業選手的水準，程度還是遠遠在我之上。」

他後悔地說著。雪之下聽完，「啪」一聲闔上書本。

「我大概明白了。所以你的要求，是讓你在格鬥遊戲上贏過對方吧？」

「不對！唔啊！八幡你這個蠢貨！瞧不起格鬥遊戲蛤？那才不是一朝一夕就能精通的玩意兒！倒是汝知道格鬥遊戲在幹嘛的逆？」

材木座這串話混雜一堆奇怪的字詞，我完全聽不懂他想表達什麼，只知道他非常生氣。可是，真希望他也能感受到我更為強烈的憤怒。別跟我講這種話，去跟雪之下說啊，聽到沒有！

雪之下用專門留給垃圾的目光看向材木座，由比濱也發出「天啊……」的呻

吟，毫不掩飾噁心的感覺。

「所以八幡Ａ夢！我想要讓這件事情變成沒發生過，或是保證穩贏對方！趕快拿出你的道具啦～」

「我常常在思考，你垃圾的程度遠遠在我之上……」

我自己說出很垃圾的言論時並不怎麼在意，但聽見別人說出那種話，便會忍不住倒退幾步。

「嘿嘿嘿～」

材木座撒嬌般地笑著，我拚命壓抑拿椅子砸他的衝動，瞄一眼雪之下，她理所當然地搖頭。

「抱歉，我們拒絕。這件事很明顯是你的問題，沒有被捅的覺悟就不要隨便討戰。」

侍奉社並非來者不拒，我們既非可以實現任何願望的萬能許願機，也不是幫手機器人，只是幫助委託者更加努力。因此，對於自作自受的傢伙，我們不打算出手幫忙。這句話固然殘酷，但還是得好好說清楚。

下一刻，材木座閉口不再說話，大概也在反省自己的行為。

「八幡。」

他用充滿感情的聲音呼喚我，我只用眼神反問「幹嘛」，接著，他「啵」的一聲深深嘆息。等等，那真的是嘆息聲嗎？未免太奇怪。

「呼……想不到你變了。過去的你更加熱血，側臉看上去，有如拉滿的顫抖弓弦、磨利的美麗刀刃（註34）……」

「不要用假音說話，而且我哪有像你說的那樣……你究竟想說什麼？」

材木座對於我的質問，只是聳聳肩膀，「哈」地嗤笑一聲。

「唉～沒什麼。你就繼續跟那群女生打情罵俏吧，反正我說了你也不會懂。你大可在虛假的日子中繼續打盹，這樣對你也比較好。對於忘記該如何戰鬥的戰士，說什麼都沒有用。」

「喂，等一下，我可沒有跟誰打情罵俏！而且我才沒有女朋友！啊，不過倒是曾跟戶塚打情罵俏──」

「你這小鬼，給我閉嘴！」

一句野狼般的怒喝劈頭落下，打斷我的話。

聲音在安靜的社辦迴盪過後，一陣沉默籠罩下來。在這段時間中，我依稀聽見有人低喃著……「……咦？他沒有女朋友……嗯？奇怪……」

「聽好了，八幡，我就輸給你看！到時候我再也無顏出入遊樂場，你跟戶塚氏少了帶路的人，一定會大傷腦筋！」

啊，對喔！那樣子的確很傷腦筋，這下非得想辦法讓材木座獲勝──我當然不可能這樣想。

註34　出自動畫「魔法公主」的主題曲歌詞。

「沒差，我們也不需要你帶路……雖然這樣說有點傷人，但你實在滿煩的。」

「咕呵！」

材木座發出詭異的笑聲，在場的兩名少女又偷偷把座位拉得離他更遠。這時我才發現，由比濱跟雪之下已經近到幾乎黏在一起。

「……嗯，我一直認為材木座的功用是破壞氣氛、讓現場陷入混亂，原來真是如此。他不但能破壞良好的氣氛，連不好的氣氛也能破壞。

儘管這一切皆出於無心，但對當前的侍奉社而言，還是應該好好感謝他一番。

而且，那麼無情地拒絕他，內心實在有些過意不去。

材木座敏銳地察覺到我心生動搖，浮現不安好心的笑容乘勝追擊。

「哼哼，看來侍奉社也不過爾爾。連眼前的人都拯救不了，還談什麼侍奉？其實你們根本辦不到吧？別只會說漂亮話，用行動證明給我看！」

「啊，你這個笨蛋……」

「噫！」

「……好啊，我就證明給你看。」

夏天明明即將正式發威，我現在卻感覺到背脊傳來一陣惡寒。

雪之下以酷寒的眼神望向材木座，嚇得他發出悲鳴。

看吧，這傢伙那麼恐怖，我怎麼可能跟她打情罵俏？

遊戲社跟侍奉社一樣，社辦都位於特別大樓。

不同的地方，是我們社團位在四樓，遊戲社則在二樓。那層樓裡作為辦公間的小房間，即是他們的社辦。

那個社團看起來還在剛成立的階段，門上只貼著一張用麥克筆寫上「遊戲社」的紙條。

「好，走吧。」

不知道為什麼，我們一群人全都來了。我回頭看向材木座、雪之下和由比濱，材木座得意地「嗯」一聲，還把胸膛挺得老高；雪之下的臉上不帶任何表情，也沒有任何反應；由比濱則有點尷尬地站在稍遠處。

「……妳打算怎麼辦？」

由比濱似乎是看大家都離開社辦，才一起跟上來。為求慎重，我再次確定她的意願。畢竟她雖然還算是侍奉社的社員，但已經連續好幾天沒參加社團，之後也不知是否會繼續參加。如果她已經決定要淡出，我不會勉強她繼續在這裡陪我們。

「我、我要去。」

由比濱緊抱著手臂回答。

「不過……自閉男，你真的沒有女朋友嗎？」

這個問題未免跳得太遠。我說啊，「不過」是用來表示轉折關係的連接詞，但妳的句子前後根本沒有關係。

「沒有。」

「由比濱同學，妳的問題真可笑，這個男的根本不可能好好跟異性交往。」

雪之下輕拍由比濱的肩膀，如此對她開導。

「要妳管。我才不需要什麼女朋友，我最痛恨自己的時間被人剝奪。要是晚上睡覺睡到一半，被女朋友打來哭訴的電話吵醒，我絕對會當場跟她分手。」

「為什麼現實充滿那麼喜歡抱怨戀愛上的煩惱？那跟老年人吹噓自己全身有多少病、上班族誇口自己有多忙，根本有異曲同工之妙。沒有什麼事比假抱怨真炫耀更讓人火大。難道是美澤不成（註35）？」

「哇，爛透了……」

由比濱驚愕地說道，但她的眼神不知為何在笑。

「啊，可是，你不是跟小雪乃一起出去嗎？那又是為什麼？」

「前天的貓狗展嗎？那只是剛好遇到。因為小町邀我一同參觀，我們才一起行動。我沒說過嗎？」

「是啊。不過那些怎樣都無所謂，我們快走吧。材木座沒有事情好做，已經開始在看窗外了。」

註35 指漫畫家「地獄的美澤」，代表作為《可愛大宣言》。

「啊，等一下等一下！所以你們兩個真的沒有在交往？」

「不是說不可能嗎……」

這傢伙果然誤會了……看看我們平常的相處模式，應該知道那是不可能的事才

對，給我多注意一點。

「由比濱同學，我這個人也是會生氣的喔。」

雪之下毫不保留地表露出厭惡，散發出冰冷的怒氣。

「啊，抱歉抱歉，當我沒說！我們趕快走吧！」

由比濱慌慌張張地跑向前，咚咚咚地敲著遊戲社的社辦大門，但是相對於不悅

的雪之下，她顯得心情非常好。

「有人～」她敲門後，裡面小聲傳來慵懶的回應。

我猜這是我們可以進去的意思。

打開社辦的門後，一堆疊得高高的箱子、書、包裹映入眼簾。這些東西如同牆

壁和屏風，形成一座高聳的迷宮。

如果要用最接近的場景形容，大概是藏書狂的書齋和以前小鎮上的玩具店混合

在一起的情景。

「咦？這裡不是遊嬉社嗎？」

由比濱驚訝地張大嘴巴，研究堆在身旁的箱子。箱子的包裝是以玫瑰和骷髏為

設計主題，風格上較偏晦暗，而且通通寫著英文，所以八成是國外來的東西。

「總覺得不太像遊戲……」

由比濱會那樣想也不無道理。一般提到遊戲時，大多是指電玩遊戲這個類別。

「是嗎？我倒覺得很容易聯想。由比濱同學想到的，是指會發出嗶嗶啵啵聲的那種東西吧？」

「嗯～爸爸很喜歡玩，他玩的時候我都會在旁邊看。我偶爾也會玩一下馬車跟

魔法氣泡，小台的話則是動物之森或牧場物語。」

小台……大概是指掌上型遊戲機。

「想不到妳玩得也挺多的。」

由比濱轉過來對我點點頭。

「啊，是、是啊……看周圍的人都在玩，自己便跟著……」

「妳是老奶奶嗎？還在用『嗶嗶啵啵』形容，連我媽都會說『紅白機』……」

「那會嗶嗶啵啵地叫沒有錯啊……」

雪之下發出抗議。不過就我所知，最近的電動早已不會那樣叫了。

「不過，小雪乃看起來就不會玩遊戲。」

「由比濱同學會玩嗎？」

最近的遊戲開始強化社交功能，所以產生不少由比濱這種類型的玩家。

「還有新的太空戰士，畫面超漂亮、超帥的！而且劇情跟電影一樣感人，陸行鳥也超可愛——」

「吽！」

她一說出這句話，材木座立刻假裝吐一口口水。畢竟這裡是室內，他只有做做樣子⋯⋯只是做做樣子沒錯吧？

由比濱見一個悶不吭聲的人突然發怒，不知該說是摸不著頭緒，還是單純視他為可疑人士。

「怎、怎麼啦，好恐怖⋯⋯」

由比濱怯怯地躲到我背後，材木座繼續發動攻勢。

「⋯⋯懂啥！」

「什麼？我聽不懂你在說什麼，但是聽起來真讓人不爽⋯⋯」

「材木座，別跟她計較。我能瞭解你的心情，但你現在應該反向思考，享受『這東西只有我懂，其他垃圾根本不能比』的優越感而沾沾自喜。」

「喔喔，八幡，這種正向思考真不錯。」

「這種人真差勁⋯⋯」

雪之下一臉受不了地說道，接著又說：

「遊戲這種東西，我根本不可能瞭解。」

「沒這回事，現在也有強尼的遊戲。」

「什麼？強尼？為什麼突然提到強尼？」

由比濱呆愣地反問。

她不知道雪之下喜歡貓熊強尼嗎？不對，那不只是喜歡，已經到必須用「狂熱」

或「愛好者」稱呼的地步。

她的眼神很認真。

「比企谷同學的話真難懂……晚一點你再仔細跟我說清楚。」

「啊？妳不是——」

「喔，好……」

「喂？妳不是——」

我正要解釋時，雪之下硬是插進來打斷。

「比企谷同學，我聽不懂你在說什麼。」

「因為——」

雪之下似乎不想讓她喜歡貓熊強尼的事曝光。

為什麼？不好意思嗎？既然喜歡到那種程度，應該要感到驕傲才對吧？不過，

又要我晚一點跟她說清楚。明明那麼害羞，不想讓人發現自己喜歡強尼，卻又很想

知道強尼的相關情報嘛。

不行，我完全不懂她害羞的標準在哪裡。

反正這也不是什麼天大的消息。再說，如果自己喜歡什麼東西被人到處宣揚，

我也會覺得不太舒服。為什麼小學生有了喜歡的對象，便會馬上到處宣傳？

倒是由比濱仍一臉不可思議地喃喃說著：「強尼？」似乎不太明白的樣子。

「話說回來，他們的社員到底在哪裡？」

「啊，對耶，剛才明明有聽到聲音……」

由比濱聽雪之下這麼問，也把心思轉移到尋找社員上。雪之下這一招真高明。

社辦的大小即為辦公間的大小，所以絕對稱不上大，只是因為這裡堆滿箱子，書架又隨意擺放，才讓我們沒辦法看清楚。

「哼呵，待得越久的地方，堆積的遊戲和書籍自然會越堆越高，因此，只要往最高的地方走，自然能找到他們。」

「喔，材木座真聰明！不過你難得說出一句中用的話，也應該說給其他人聽啊。」

只會跟我一個人說話，未免太悲哀。

總之，我們聽從材木座的建議，朝堆得最高的那座塔前進。

那裡疊起一座阻隔用的書堆和箱子，我們看不到對面，不過確實有聽見聲音。

我們繞過去，看見兩名男子。

「不好意思打擾你們，我們有事情想談一下。」

我開口後，貌似遊戲社成員的兩人彼此對望，接著點頭同意。他們一直盯著我，不過我敢保證雙方是初次見面。如果突然出現一個陌生人，的確會多看對方幾眼。

於是，我也直直盯著他們以示回敬，這時才發現他們的室內鞋是黃色的，代表他們是一年級的學生。

「唔，你們是一年級的嗎？」

材木座一發現對方的年級比較低，立刻囂張起來。我並不討厭這種翻臉如翻書的態度。雖然我很討厭別人拿上下關係或資歷欺壓自己，但如果自己變成受惠的一方，則不在此限。

那麼，我也跟材木座一起囂張一下。這是為了在談判時占據心理層面的優勢，絕不是因為我的個性如此差勁。

「喂，你們是不是說了什麼瞧不起材木座大哥的話啊？幹得好！再多說一些！」

「咦？八幡Ａ夢，你在說什麼！」

材木座朝我投以求救的視線，但一點都不可愛。即使你的年紀比他們大，立場上依舊站不住腳。

「……你們還在玩什麼？請快點進入主題。」

雪之下冷冷地瞪過來。

兩個一年級學生看到她，立刻開始交頭接耳。

「她不就是二年級的雪、雪之下學姐……」

「好、好像是……」

喂，真的假的？雪之下那麼有名啊？也對啦，她乍看之下的確很不錯，全身上下又充滿神祕感，即使受到不同年級的學生歡迎，也沒什麼好訝異的。我讀國中時，也知道幾個很可愛的高年級學生，不過僅止於名字。

「嗯……你們找這個男的有事吧？」

我連叫都不用叫，材木座就自己站出來。

「呼哈哈哈哈！我等好久啦！昨天你們說出那種大話，現在後悔已經來不及了！身為你們人生的前輩，以及學校裡的學長，讓我好好教訓你們！」

他刻意把「前輩」和「學長」這兩個詞念得特別重，藉以幫自己助威。不過，遊戲社的兩人沒什麼反應。

「喂，剛剛說的人就是他嗎？天啊～～真難看～～」

「沒錯吧？是不是很糟糕？嘻嘻嘻……」

材木座聽到兩人嘲笑般的對話，不禁產生動搖。

「咦？八幡，我剛才是不是哪裡很奇怪？」

「放心，你又不是只有現在才奇怪。」

見他逐漸回復本性，我拍拍他的肩膀，把他推向後方。

「我們是侍奉社的成員，簡單說就是煩惱諮商中心。聽說材木座跟你們有些摩擦，所以要來幫忙解決。所以……跟他產生摩擦的是哪一位？」

我一派輕鬆地問道，其中一個社員怯生生地舉起手。

「喔，是我。我是一年級的秦野。這位是……」

「一年級的相模。」

名叫秦野的學生體型偏瘦，而且有些駝背。他戴著無框眼鏡，鏡片呈現略為銳

角的梯形，整體帶有一種銳利感。看來他的著眼點也很 SHARP（註36）。

另一個名叫相模的人皮膚白皙，身材也很瘦，有種國中生的感覺。他戴的眼鏡鏡片較有弧度，散發出為下個時代帶來新意的 Inspire the Next 風格（註37）。

反正我不打算記住他們的名字，姑且用眼鏡區別。

「聽說你們要用遊戲跟他對決，不過你們玩格鬥遊戲很強吧？這樣一來，不用比賽勝負便非常明顯，要不要比其他項目？」

我自己都認為這個要求很為難對方，好比對足球選手說「先別管這個了，我們來打棒球吧」。站在對方的立場，他們當然不願意失去自己的優勢。

不用說也知道他們面露難色，沒有點頭即代表委婉的拒絕。

「不然，至少換其他遊戲如何？反正這裡還有很多遊戲。」

我指向附近的遊戲堆。

「這樣的話⋯⋯」

「是無所謂啦⋯⋯」

他們說得很保守，不過態度充滿自信。我可以感受到，他們篤定自己在遊戲方面絕不會輸人，畢竟「遊戲社」可不是喊假的。

「不過，既然要改比其他遊戲，你們是不是也要⋯⋯」

註36　出自夏普公司的企業標語。
註37　出自日立公司的品牌策略。

秦野如此暗示。

有道理。既然對方願意讓步，要求相對條件以維持公平也是理所當然的。我點頭，提出這樣的建議：

「那麼，材木座對你們下跪道歉可以嗎？如果我們輸了，我會負起責任，要他為自己做得太過火一事向你們道歉。」

事情已經越來越複雜，所以直接這麼辦吧。材木座還天真地問「咦？是我道歉嗎」，但他根本沒有權利拒絕。

「嗯，是可以啦⋯⋯」

兩名遊戲社的社員回答得很含蓄，不過還是答應了。

「那麼，由你們決定要玩什麼遊戲。不要選太困難的，高門檻的遊戲對新手玩家不友善，跟玩格鬥遊戲沒什麼兩樣。」

事實上，格鬥遊戲不再像過去那樣熱門的理由，正是在於新玩家不好上手。即使在遊樂場找到想玩的遊戲機台，大多也被GG眾（註38）或更老的格鬥遊戲玩家占領，根本沒辦法加入；若是坐上機台，只有被慘電的份，導致遊玩興致大大降低。

因此，我建議遊樂場最好另外開闢新手專區。

「那麼⋯⋯我拿大家都會玩的遊戲做點變化。」

「嗯，說吧，是什麼？」

註38 格鬥遊戲「聖騎士之戰（Guilty Gear）」的英文簡稱。

材木座問道，兩名遊戲社的成員不約而同地推一下眼鏡。

「我們來比雙人版的大富豪。」

他們的口氣很正常，眼鏡鏡片卻閃過異樣的光芒。

×　　　×　　　×

撲克牌發出「唰、唰」的洗牌聲。

「大富豪」也叫做「大貧民」，是一種紙牌遊戲（註39）。

「請問一下，各位都會玩大富豪吧？」

秦野委婉地提問，我們幾乎都點頭，唯有雪之下歪頭表示不解。

「我會玩撲克牌，但沒玩過這種遊戲。」

「那麼我說明一下規則。」

相模簡單地介紹遊戲規則。

「第一，把所有牌平分給所有玩家。」

實際情況是根本不會平均分配。

「第二，由莊家開始出牌。莊家從自己的牌組出牌後，大家再依序跟牌。」

實際情況是大家經常忘記輪到我，大剌剌地插隊。

「第三，牌面有分強弱。從小到大是3、4、5、6、7、8、9、10、J、Q、K、A、2。鬼牌是萬用牌。」

「第四，玩家只能出比上一家更強的牌。如果上一家出兩張，玩家必須跟著出兩張。」

現實世界並非只看能力，執強執弱是由關係跟財力決定。

現實世界是明明知道贏不了，還拚命把弱者推上場，例如被犧牲掉的棋子或活祭品或公開處刑。

「第五，無牌可出時可以喊 Pass。」

真實人生可是沒辦法喊 Pass。

「第六，其他玩家都喊 Pass，再度輪回原本出牌的人時，那個人即成為莊家，場上的牌也全部失效。」

但真實人生無法讓過去變得沒發生過。

「第七，重複以上步驟，最先出完手上所有牌的玩家成為大富豪，第二名以下的階級依序為富豪、平民、貧民、大貧民。」

只有這一點跟現實世界相同，真令人鬱悶。

「大富豪可以抽走大貧民最好的兩張牌，用自己不想要的牌交換。」

總而言之，獲勝的人將更占優勢。這個遊戲完全反映出現代日本層層壓榨的文化……唉，真是討厭的遊戲。

「原來如此，我大概明白了。」

雪之下點頭，表示已經從這些說明中充分理解遊戲規則。她的理解能力還是一樣驚人。

「等一下，地方規則該怎麼辦？」

「這個嘛⋯⋯」秦野輕浮地回答材木座的提問，他被看不起了被看不起了～

「現場有新手玩家，我看用最具代表性的規則就好。千葉規則怎麼樣？」

「不好意思，請問那大概是什麼樣的規則？」

相模有點擔心地地發問。奇怪，大家不懂什麼叫做「千葉規則」嗎？

算了，無妨，我大略說明一下。

若說地方規則乃影響大富豪勝敗的最大關鍵，可是一點也不為過。各個地區從基本規則發展出五花八門的地方規則，互相組合搭配，讓這個遊戲變得更加講求策略。

「嗯⋯⋯可以革命、8切牌、10丟牌、3最大、11革命，沒有失勢、鎖定、階梯，鬼牌也不能留到最後出。」

「啊，我之前的學校也差不多是這樣的規則。」

「嗯⋯⋯沒有5跳過跟7送牌嗎⋯⋯」（註40）

註40　「5跳過」為上家出數字5的牌時，下家將跳過一輪無法出牌；「7丟牌」為玩家出幾張數字7的牌，即可任意挑出相同數量的牌給其他玩家。

這些規則不僅各個地區相異，有時連不同的小學都有不同的玩法。長大後跟人玩大富豪時，經常會因為這些地方規則發生爭執，所以在遊戲開始前，最好先跟大家討論清楚。有時甚至會為了遊戲名稱是「大富豪」還是「大貧民」而吵得不可開交，跟要玩「捉迷藏」還是「躲貓貓」一樣。

「比企谷同學，解釋一下。」

哎呀，差點忘了。從剛才的討論開始，我一直以大家都聽得懂為前提，但雪之下完全沒玩過這個遊戲，所以我一一解釋給她聽。

一次出齊四張不同花色、相同數字的牌時，可以發動「革命」，倒轉牌面數字的強弱關係；「8切牌」的意思，是玩家出數字為8的牌時，先前堆疊數量的牌將失效，由該玩家擔任新的莊家重新開始；「10丟牌」代表玩家不論出幾張數字為10的牌，即可任意丟棄相同數量的牌；實施「3最大」的規則時，黑桃3的強度高於鬼牌；「11革命」則是出數字為11的牌時，該輪內的牌面數字強弱將倒轉。

雪之下聽著我的說明不時點頭，但如果不實際玩一次，還是很難領會。直接實戰終究是最快的學習方式。

「我們接受你們提出的地方規則。」

「因此，也請你們接受我們提出的雙人版大貧民規則。」

他們的眼鏡再度閃過光芒。

我感受到一股難以形容的壓力，偷偷倒抽一口氣，但是下一秒，他們立刻換上

爽朗的笑容。

「其實，基本規則都跟一般的大富豪相同。」

「差別在於要兩兩一組進行遊戲。」

「分組？所以兩個人可以討論好再出牌嗎？」

聽到我的問題，他們很有默契地同時搖頭。

「不是，而是每一輪要由不同的人輪流出牌。」

「此外，兩人間不可以討論。」

……這樣一來，不僅得猜測對手的意圖，還得猜測同組的人在想什麼。這場比賽意外地講求戰略性啊……所以說，如何分組將是影響勝負的一大關鍵。

我稍微瞄向旁邊。

「呵、呵、呵，你別以為贏得了我……」

真不想跟他同一組……

「最強的牌是鬼牌……我瞭解了。那麼8之後還能不能出鬼牌呢？」

雪之下複誦遊戲規則，以確認自己的理解無誤。儘管她的能力很強，但從來沒玩過大富豪。話說回來，要想參透她的想法本來就非常困難，而且萬一輸了，肯定會被罵到體無完膚。

所以，只剩下由比濱……她玩過大富豪，知道的地方規則也跟我差不多。最重要的是，她的想法意外地單純，很容易猜測。

於是我看向由比濱，打算跟她同一組。同一時間，她也跟我對上視線——

「小、小雪乃，我們兩個一組吧！」

結果她迅速移開視線，緊抓住雪之下的肩膀。

「咦？喔，好啊。」

唉，果然會變成這樣。

由我挑選隊友這點根本就搞錯了。明明是個沒有人要的傢伙，還妄想自己挑選隊友，簡直是天大的笑話。

雪之下和由比濱湊成一組後，我的隊友自然跟著決定，兩個總是落單的傢伙再度同組。材木座也很清楚這一點，他移動到我面前，用背影對我說：

「八幡，你有辦法跟上來嗎？」

……我反而希望你能把我拋在後頭。

　　　　×　　　　×　　　　×

秦野迅速把桌面清理乾淨，相模另外搬來三把椅子。

戰鬥的舞台於焉成形。

第一輪由我、相模、由比濱坐在桌前。遊戲規則是一個人出牌後立刻離開，換另一個隊友上場，所以同組的人直接站在我們身後準備。我不清楚遊戲社兩人的策

略，不過由比濱那組由她先上場，應該是因為雪之下對這個遊戲還不熟悉。

相模洗好牌後，一張張地把牌發給我們。整組牌是五十四張，所以每人各自拿到十八張牌。

「那麼，現在開始進行遊戲社和侍奉社的雙人版大貧民對決。比賽共進行五個回合，勝負由最終回合的結果決定。」

秦野宣布完後，大家拿起面前的十八張牌攤成扇形。

「嚴格說來，這是一場二對一的比賽，所以由我們先出牌。」

相模說得很含蓄，他的手倒是理所當然地抽好一張牌。沒差，反正最後只要我跟材木座這組，或雪之下跟由比濱那組獲勝即可。如果兩組共同合作，將是最好的策略。既然如此，讓對方先出牌也很公平。

第一輪順利結束。

大家一開始仍在觀望，想當然耳地皆有出牌。

「哈哈哈哈哈！永遠都是我的回合！抽牌吧！怪獸卡！」

只有材木座一個人吵得要命。

「看我召喚梅花10！」成功召喚梅花10時，根據卡片效果，可以挑選一張牌送至墓地。我覆蓋十五張牌，結束這一回合。」

「一句句熟悉的台詞，不停撼動我的往昔記憶。

「真是懷念……以前我也很常玩殘局決鬥。」

「殘局決鬥？」我第一次聽到這個詞彙。」

雪之下好奇地問。

「類似詰將棋，因為我沒有朋友。」

「那不是給沒朋友的人玩的將棋……」

「咦？不是嗎？我還以為那是給一個人玩的。

「我也經常準備兩副牌組這樣玩。雖然身上時常帶著MOZ召喚王跟魔法風雲會，但從來沒有一起玩的對象……」

材木座突然消沉下來，把撲克牌交給我。TCG（交換卡片遊戲）這種遊戲，本來便是設計給多人遊玩的，如果沒有一起玩的朋友，自然享受不到它的樂趣。不過，GAME BOY上也推出這種遊戲，所以我跟電腦對戰的經驗相當豐富。

吵鬧的材木座不再開口後，一陣沉默籠罩下來，現場只剩下抽起撲克牌，然後放到桌上的聲音。

遊戲順暢地持續好幾輪，多虧有10丟牌和可以出三張牌的規則，我們手中的牌數順利地減少。

目前各組剩餘的牌數如下：我們剩兩張，由比濱那組剩三張，遊戲社則意外地還有五張。

雖然雙人版大貧民是他們提出來的遊戲規則，我卻感受不出那兩人有多厲害。他們的策略很單純，從弱的牌開始按順序出，看來我們能輕輕鬆鬆獲勝。

由比濱出一張黑桃6，我出保留已久的紅心8，接下來只剩最後一張。

我蓋上最後一張牌，把位子讓給材木座。他一屁股坐下，高聲宣布「輪到我

了」，但不用他說大家也明白。

「材木座。」

「嗯。」

他得意地把最後一張牌放到桌上。

「勝負已定！翻開覆蓋的陷阱卡——Check Mate。」

接著，雪之下選擇同樣保留已久的黑桃2，遊戲社喊Pass之後，她立刻把剩餘

的兩張牌交給由比濱，讓由比濱直接放到桌上。

第一回合結束，侍奉社分別獲得第一和第二名。

「哇！哈！哈！哈！你們根本沒什麼了不起嘛！怎樣？知道我的厲害了嗎？」

材木座叫囂著，好像獲勝都是他自己的功勞。被這種人挑釁想必很不是滋味，

我轉而觀察遊戲社的反應，他們卻不怎麼在意的樣子。

「哎呀～奏野，我們輸了呢～真糟糕～」

「是啊，相模，我們太大意啦～」

雖然嘴巴這麼說，我卻看不出他們像是陷入危機的樣子，反而很樂在其中。這

兩人到底在想什麼……

我一邊覺得可疑一邊繼續觀察，接著，他們露齒一笑說…

「真傷腦筋～」

「傷腦筋啊～」

「誰教輸的人得脫衣服。」

他們說完，立刻像準備變身似地迅速脫掉背心。動作是很帥氣沒錯，但那可是變態的行為。

「啥？那是什麼規則？」

由比濱拍桌抗議，但遊戲社的兩人依然掛著不懷好意的笑容。

「嗯？玩遊戲輸的人要脫衣服不是常識嗎？」

「沒錯沒錯，玩麻將跟猜拳時，輸了也會脫衣服。」

亂講，誰說猜拳猜輸就要脫衣服啊，那明明是野球拳。不過，麻將打輸的人是要脫衣服沒錯。

「那麼，進入第二回合吧……」

「等、等一下！聽我說話！」

秦野迅速收回紙牌開始洗牌，然後一張張發出去，絲毫不理會由比濱的制止。

「小雪乃，我們回去，跟他們玩這種遊戲真是太愚蠢了！」

「是嗎？我並不介意，反正只要獲勝即可。再說，既然是比賽，本來就有一定的風險。」

「咦咦咦～～人家不要啦！」

「不用擔心。雖然這個遊戲的地方規則多到容易令人混淆，但牌面數字的強弱是固定的，所以基本戰略不會改變。牢記大家出過的牌，再推測對方可能剩下什麼，應該不至於輸掉比賽。而且，終盤也有固定幾種獲勝方式，從剩餘張數並不難推測出來。」

「或、或許吧……唔唔～」

由比濱含著眼淚呻吟，但現在她只能依賴雪之下，既然雪之下決定繼續參賽，她也沒辦法多說什麼。

該不該勸退她呢……雖然我不認為雪之下會乖乖聽我說話。

「來吧，快！快點進入下一局！」

我還沒得出結論，材木座便已坐上位子，從秦野那裡接過撲克牌。

「好，我們開始吧。」

雪之下也拿起散在桌上的牌攤開，由比濱悶悶不樂地站在她身後。

「那麼，首先是交換牌。」

秦野抽出自己的兩張牌交給材木座。

「大富豪」有一項規則：從第二局起，成為大富豪跟大貧民的人要交換撲克牌。

大貧民必須拿出手中最強的牌，讓大富豪任意交換。

秦野拿來鬼牌跟紅心2這兩張很好的牌。

「嗯……」

材木座也滿意地抽出兩張牌交給他。

那兩張是黑桃K跟梅花Q。

「啊？等一下，你在想什麼！為什麼不挑弱的牌！」

我質問材木座，但他只是靜靜閉上雙眼，用低沉的聲音回答⋯

「⋯⋯這是⋯⋯武士的同情。」

這傢伙⋯⋯根本只是想看女生的裸體⋯⋯

遊戲社的兩人接過撲克牌，得意地笑著。

——原、原來如此，我懂了！

因為比賽隊伍分為男女生，輸了要脫衣服的規則會讓隊友之間出現摩擦，真是高明的心理戰！

⋯⋯這些人是傻瓜嗎？

　　　×　　　×　　　×

我本來以為那兩人只是傻瓜，但是他們從第二局起，有如變成不同的人，開始採取五花八門的戰略。

秦野不懼風險，大膽地直接出三張牌。

相模活用特殊牌的效果，快速減少剩餘的張數。

他們每一輪都使出眼花撩亂的戰略，有效消耗手中的牌，逐步邁向勝利。我們完全無法預測他們的下一步，不知不覺中，對方只剩下兩張牌。

我跟雪之下她們也努力追趕，一張一張地出牌。雪之下那組總算剩下兩張，我們這裡則還有四張。

由比濱舉著右手下不了決定。她站在攸關勝敗的分歧點上，心裡一定正想著該如何取勝。

「這、這張。」

最後，她決定打出留到最後作為王牌的梅花2。

好在兩張鬼牌都在我們手中，只要我現在壓著不打，讓雪之下出最後一張牌，贏得這一局即可。

很好，這樣一來便沒問題——誰知道，半路竟然殺出程咬金。

「哎呀，腳滑了！」

材木座猛力倒過來，讓我手中的一張牌彈飛出去。那張牌正是鬼牌。

「啥！喂，中二！小心我宰了你喔！」

由比濱激動地起身恐嚇材木座，但他只是在一旁吹口哨。你想要那樣裝傻蒙混過去嗎……

下一輪材木座得意地出黑桃3，秦野接著出一張8，最後再由相模打出黑桃A，拿下這局的第一名。

局面發展至此，我跟雪之下、由比濱那組勢必有人得脫衣服。

目前場上的牌是黑桃 A，雪之下無奈地選擇 Pass。

於是又輪到我出牌。

「八幡，我的⋯⋯不，我們的夢想，都寄託在你身上⋯⋯」

材木座用力握住我的肩膀，我感受到一股熱意。他泛起一抹戰士赴死時的沉靜

笑容。

等一下，你是不是忘記輸了就得下跪道歉啊⋯⋯

我背負材木座的股股企盼，掀開牌組──黑桃 4 跟鬼牌。

秦野舉起拳頭，彷彿在無聲地吶喊：「我們是夥伴吧！」

相模輕輕垂下視線，握住雙手靜靜祈禱，我依稀聽見他小聲念著⋯⋯「神啊⋯⋯」

在這之前，我曾經受過這麼多人期待嗎？從來沒有。

這一瞬間，我確實感覺到羈絆的存在。

「喔喔！」我的手指觸到鬼牌時，站在後方觀察的材木座興奮起來。

秦野和相模跟著起身，身體往前傾，準備見證分出勝負的一刻。

不知道是誰輕聲發出低呼。

「八・幡・八・幡・八・幡⋯⋯」

原本細微的呼聲漸漸熱烈起來，我覺得自己好像奧運的馬拉松選手，領先在最

前頭奔回體育場。這幅場景充滿熱情與感動。

另一方面，雪之下則用讓人冷到骨子裡的視線看過來，由比濱也閉緊嘴脣發出嗚嗚聲，含淚瞪向我。

然而，遊戲社的兩人和材木座完全不以為意，持續發出熱切的呼聲。

狂熱、混亂、混沌、熱情……等一下。

某股衝動在我的體內沸騰，再也無法抑制，我忍不住大笑。

「呵……哈！哈！哈！哈！」

在場的所有人聽了，都屏住氣息。

「Pass……」

下一秒，我悄聲喊道。究竟有多少人聽到呢？

經過一陣短暫的沉默──

「我啊，最討厭這種用男女生脫衣服的處罰炒熱氣氛的活動！甚至恨之入骨！那根本是腦袋有問題的大學生去喝酒時才會做的事！」

連空氣都在我的聲音之下產生震動，接著又是一陣靜默。這時，雪之下嘆一口很深很深的氣。

「笨蛋，真是大笨蛋……」

在她摻雜著驚訝的嘆息之後，換成另一陣激動的咆哮。

「八幡！你到底在想什麼！這可不是什麼遊戲！」

材木座用力揪住我的胸口。

「材木座，先冷靜下來。你說的沒錯，這才不是什麼遊戲。」

「唔？那句有點帥氣的台詞是什麼意思？」

我無視他的疑惑，視線轉向一旁。

「喂喂喂，現在要怎麼辦？那個學長真不識相……」

「是啊，一點也不會看場面……」

秦野跟相模兩個人正互相說著悄悄話。

「非常遺憾，你們的計謀對不識相又不會看場面的我來說是行不通的。」

「八、八幡，你說什麼計謀？」

「輸了必須脫衣服的規則，不是單純想讓對方脫衣服。這是他們的心理戰，打算利用分成男女兩組這一點讓我們起內鬨。」

沒錯。多了脫衣服這一條規則，我、材木座以及雪之下、由比濱這兩組之間會萌生猜疑。如果男生組選擇背叛，便是中了遊戲社的圈套；即使沒有背叛，遊戲社也可以破壞我們之間的信任關係，甚至讓我們因為壓力而出現疏失。這是他們的雙重計謀。

「原、原來是這樣……啊！這麼說來，我曾經聽聞過，用三次元女性當誘餌，巧妙施加幻術招致內亂的傾國祕技，其名之『美人計』！呼～好險好險，三次元果然是個險惡的領域。」

「嗯……算是吧，大致上都吻合。」

實際上真的有中了美人計的大人。

不管怎麼樣，如果照剛才那樣繼續下去，雪之下跟由比濱會心生猜疑，我跟材木座也會失去默契。

到時候她們決定棄權的話，我們必輸無疑。

不只要讓同組成員產生內鬨，還要讓不同組的成員不合……遊戲社真是可怕。

可是，他們的陰謀只能到此為止。

我不屑地往秦野瞪過去。

「而且，你還打算運用集團心理煽動我對吧？」

「唔！被發現了嗎？」

「本來看你是個沒什麼個性的人，還以為很容易上鉤……」

相模這句話有點傷到我的心。

我對他們用力一指，如此高聲宣言：

「集團心理對我沒有用！因為……我總是被集團排除在外！」

「…………」

「…………」

「…………」

他們偷偷別開視線，臉上露出複雜的笑容，感覺對我半是可憐半是同情。不論如何，我徹底被他們當成可憐的傢伙。

「咳、咳，總之，你們那一招已經沒用了。」

我乾咳幾聲掩飾尷尬。他們聽到後，彼此對看一眼。

「這樣啊……看來我們也得認真起來才行……」

「遊戲到此結束，請做好覺悟吧……」

他們的話中伴隨低沉的笑聲，我感覺到一陣戰慄。

……這裡明明是遊戲社，卻不玩遊戲嗎？

　　　　　　　　×　　　　×　　　　×

遊戲社的人說要認真起來，並不是隨口說說而已。

他們的戰術比第二回合更凶狠，攻擊毫不手軟。在強烈的連續猛攻下，我們面臨極大的威脅。他們晉升為大富豪階級，遊戲一開頭便占據上風，而且總是在勝負關頭用鬼牌和2等強的牌對付我們。

我們兩組在第三、第四回合皆吃敗仗，我已經脫掉襪子跟上衣，現在只好不情不願地把手伸向褲子。這樣一來，我只剩下最後一道防線（我最愛的內褲）……

「唔呼，我終於得脫掉這件大衣嗎……」

至於一旁的材木座，則老大不甘願地脫起大衣。在這之前，他已經脫掉襪子、半指手套和力量護腕，褲子和上衣依然健在。

……怎麼覺得好不公平，為什麼只有我剩下一條內褲……

「可惡……」

我含著淚水，盡可能小心翼翼地脫下褲子。這時，我突然覺得有人看過來，於是把視線轉到那個方向，發現由比濱沒什麼精神，滿臉盡是歉疚。

我們兩人對上視線。

「……怎麼啦？不准看，不准對我的肉體好奇。」

她拍桌大聲怒吼。等一下，妳用不著氣到整張臉都紅起來吧？我只是開玩笑，

「什、什麼？人、人家才沒有看！也不可能好奇？你是白痴嗎？」

開玩笑而已。

由比濱突然如其來地對我威嚇，但她的語氣越來越弱，視線也落到地上。

「那個……抱歉，謝謝你。」

「……沒什麼。我沒有理由接受道謝，只是做自己想做的事罷了。」

「唔，但用那副模樣說這種話，只會讓人覺得你在公開自己是變態。」

材木座忍著笑意說道。

你這傢伙，少給我多嘴……

啊，對了，從我脫掉衣服開始，雪之下小姐便當作我這個人不存在，完全不看這裡一眼，徹底無視我。真不簡單。

現在大家都拿到最終回合的撲克牌。

我只剩下最後一條內褲，所以這是一場說什麼都不能輸的戰鬥。而且，和電視

上經常會這麼說卻不知為何總是輸掉的「絕不能輸的戰鬥」可不同。

「好�⋯⋯這一場絕對要贏⋯⋯」

我本能地繃緊神經，全身充滿幹勁。

「咻～～只穿一條內褲的人還說得那麼帥氣！」

材木座爆笑出聲。我看向四周，遊戲社的人跟由比濱也拚命忍笑，連雪之下的

肩膀都在抖動。

大家都好過分。

「喂，材木座⋯⋯」

我確實感到怒氣上沖，抖動著嘴角叫他的名字。

材木座察覺到我的怒氣，刻意乾咳幾聲。

「好啦，冷靜下來。遊戲就是應該好好享受，放輕鬆一點。」

「我說你⋯⋯」

竟然說得頭頭是道⋯⋯我正打算回敬他一句，不，是五句時，旁邊傳來嘆氣聲。

「原來如此，你是站在那樣的立場啊。」

有些怯弱的語氣明顯不同。

我花了一些時間，才發現那是秦野的聲音。那句話充滿攻擊性，跟先前平和、

至終都抱持那種觀點，實在是……」

「該怎麼說呢？那就是所謂的『使用者觀點』吧。雖然不是什麼壞事，不過自始

相模在一旁幫腔。他說得拐彎抹角，但語氣彷彿是瞧不起對方。

「唔……」

材木座正打算開口，但一看到他們的表情頓時停住。他們的臉上很明顯寫著

「輕蔑」兩個字。

秦野嗤笑一聲。

「無妨，反正都要結束了。」

「趕快進入最後一回合吧。」

「啊，好。」

我們按照相模的指示，站上各自的戰場。

我們這組由材木座先出牌，首先是跟遊戲社交換牌。

秦野挑選撲克牌時，似乎也在思考要說什麼。他拋過來兩張牌，趁材木座伸手

拿取時開口：

「……劍豪先生，你為什麼想做遊戲？」

聽說「劍豪先生」是材木座在遊樂場中使用的名字，我怎麼聽都覺得是「劍豪

先生（笑）。

材木座抽出手中的兩張牌滑出去，忘記拿取對方給的牌。

「哼，因為我喜歡。想把自己喜歡的事情變成工作，是理所當然的事。而且成為遊戲公司的正式員工，生活也可以安定下來。」

他沉著地回答對方的問題，但最後還是洩漏出真心話。

「哈！因為喜歡是吧？最近出現很多這種人，以為只要這樣便能成功，我看劍豪先生也是其中之一。」

「你到底想說什麼？」

材木座被那句話激怒，一氣之下將最初的兩張牌往桌上一拍，粗魯地站起身，把牌交給我。

接著，雪之下同樣出兩張牌。

「我只是說，你把夢想當成藉口來逃避現實。」

「有、有什麼證據……」

材木座說到這裡突然語塞，相模利用這時候出牌，填補現場的沉默。

現在大家都兩張兩張地出牌，正是減少牌數的好機會。我攤開手中的十四張牌仔細研究……咦？十四張？

我發覺數量有少，低頭檢查是不是有牌掉到桌下，果然在那裡找到兩張牌。大概是先前材木座忘記把對方給的牌放進牌組中，剛才粗魯地起身時又撞到桌子，那

兩張牌才會放下去。

我撿起來放進牌組，其中一張是方塊4。

另一張是第四個6……可以發動革命。

不過，現階段最好先留著。

如果要發動革命，只能等遊戲中盤後，抽出數字更大的兩張牌放到桌上。

我大致在腦中盤算好後，輪到我們當莊家時再發動。

由比濱和秦野繼續跟進，目前已來到兩張A，很難再出更大的牌。大家喊Pass之後，輪到相模出牌。

「你真膚淺呢，劍豪先生。我不是要重複剛才的話，但那樣叫做『使用者觀點』，僅止於一介玩家的想法。你只是看到表面，沉浸在自我的世界中。」

喔喔，真是銳利的批判，再多說一些！

我忍不住想支持相模，雪之下似乎也抱持相同的看法，默默地點頭。

「咕唔唔唔……」

材木座忍住怒火交棒給我。我接過撲克牌後，不多說什麼又照順序出牌。材木座受到相當大的精神傷害，連剛才玩不膩的決鬥遊戲都停下來。

接下來換雪之下出牌。

秦野瞄一眼她放到桌上的牌後，嘴角浮出冷笑。

「連遊戲是什麼都搞不清楚便想做遊戲，不覺得很可笑嗎？最近有一堆年輕的遊

戲製作者也是如此，只玩過電視遊樂器便大肆宣揚要做遊戲。他們只有那一千零一種想法，缺乏創新能力，根本沒好好培養激發新概念的土壤。只因為喜歡，是沒辦法做出遊戲的。」

他「碰」的一聲把牌拍到桌上，加強自己的氣勢。

「咕唔唔～」

材木座開始呻吟。

接下來的好幾輪，都呈現有利於遊戲社的局面。

現在輪到材木座。他正在頭痛該如何出牌時，相模再度開口：

「劍豪先生，想必你沒有什麼擅長的事物好炫耀吧？那只是把一切都寄託在遊戲上頭罷了。」

材木座拿這句嘲諷完全沒轍。他悔恨地把牌交給我，暗示這一輪不出牌。

輪到我坐到椅子上。

相模剛才說的那番話，不斷在我耳際迴盪。

其實也只是因為他以取笑中二病為樂這點，讓我很想鼓掌叫好。那模樣宛如疲累的大人喘著氣，告誡做夢的少年現實有多嚴峻。

大家全都沒出牌，所以目前是遊戲社當莊家。

秦野悠哉地拿出一張、兩張、三張K。不用說，我們根本沒辦法跟牌，雪之下也一樣喊Pass。

「對了，劍豪先生，你喜歡什麼電影？」

「我想想……『魔法——』」

「啊，不包括動畫。」

「嗚！」

對方禁止列舉動畫的瞬間，材木座立刻閉上嘴巴。呵呵，被戳到要害了。不過要是換成我回答這個問題，而且同樣不能說動畫作品，大概也想不到什麼。真要說的話就是「終極追殺令」，因為我想收留一個小女孩。

相模嘲笑般地把那堆K撥到一旁，重新出牌。

「你看，果然說不出來吧？那有沒有喜歡的小說？」

「……嗯，最近我喜歡《我女友——」

「輕小說除外。」

「嗚咕！」

材木座再度被堵住嘴巴，漂亮地咬到舌頭。他大大仰起頭盯著天花板，遲遲不轉回來，活像吃了一記對手的上鉤拳。

他勉強從座位上站起，身體搖搖晃晃，而且滿臉憔悴。你是最近因為一點小事就崩潰的年輕人嗎？

遊戲社的兩個人輕蔑地看著他。

「到頭來，你只是個冒牌貨，連娛樂文化的本質都不瞭解。我們可是從遊戲、娛

樂文化的起源開始研究。像你這種半吊子的人還敢說要做遊戲，我們看了都覺得丟臉。」

如同秦野所說，這間社辦裡堆滿各種遊戲。

塞滿紙盤遊戲的箱子一個個堆疊起來，旁邊還散落著貌似桌上型RPG用的骰子。

我能夠輕易想像，他們面對遊戲的態度有多認真。

相較之下，材木座根本不可能玩那些東西，只會對可愛的角色嘿嘿傻笑……他這種人沒有半點勝算。輸掉遊戲、被對方狠狠臭罵一頓，都是理所當然的。

然而，我還是有點不高興。

我不介意他們把材木座當成白痴，也對他們否定材木座的行為沒有意見。可是，他們說的那些話，絕對哪裡有問題。

但我現在無法掌握，究竟是哪裡讓我不高興。

遊戲即將進入尾聲，遊戲社剩下五張牌，雪之下那組是六張，我們則是八張。

儘管在數量上相差不遠，但剩下哪些牌大不相同。遊戲社握有跟我們交換的鬼牌，越到最後關頭，初期拿到的牌有多強，越會對戰術造成影響。

由比濱認為時機已經成熟，對雪之下使一個眼色後打出三張牌。到了這個節骨眼，自然不會有人跟進。

雪之下接過剩下的牌，坐上座位。

「聽過雙方的談話後，我認為遊戲社比較有道理。比企谷同學，你如果真為材、

材……為他著想，應該為他指引正確的道路。」

她對我露出試探的笑容，然後出牌。遊戲社的人跟進。

雪之下說的沒錯。如果材木座真心想成為遊戲劇本家或輕小說作家，就必須好好努力。

並非把自己的妄想全部照實寫下，再得意地稱之為「我想出的最強設定」即可。有許多方式供他精進自己的能力，例如鑽研好萊塢的劇本寫作法、參考優秀的作品等等。

我們應該不吝於稱讚秦野和相模的努力，也應該譴責材木座的怠惰。

──不過，光是那樣還不完全正確。

認為正確的方式很了不起，才是真正的怠惰。

聽從課本教的內容、乖乖跟隨課程進度、達成要求的目標……那不過是遵循承襲下來的傳統，使用最正統的方法。這是在依賴過去的財產、專家的權威，讓未成氣候的自己逐漸僵化。

用其他事物來證明自己是否正確，這件事本身哪裡正確？

「我不認為只有遊戲社的方式才算正確。啊，不過材木座的做法，不用想也知道一定不對。」

「喔？既然身為朋友的你這麼說，就當作這樣吧。」

「我們才不是朋友。」

如果我們是朋友，這時候我應該會幫他說話。

然而，碰到這種程度的白痴，只能讓他為自己指引出一條路，不管我再多說什麼都沒有用。材木座這種等級的蠢貨，可是連放棄的理由都得問人。這傢伙最好被一拳打到爬不起來，讓他徹徹底底死心。

「那個……」

由比濱有些怯懦地開口。

「雖然我不太常玩遊戲，也不是很瞭解遊戲……」

在場的其他人皆默不作聲，漸漸被她認真的神情吸引。

我靜靜等待她說下去。這時，原本低頭看牌的由比濱，倏地抬起臉來。

她直直注視著我說：

「即使開始的方式不正確，或是半途而廢，依然不算是欺騙或虛假……因為，

『喜歡』的心情是絕對不會錯的……這是我的想法。」

真不曉得這句話到底是對誰說的。

我思考到一半，聽見有人重新站穩腳步。

「……沒錯，就是那樣……我的確……沒有什麼東西好自豪……」

材木座的聲音毫不造作，難堪地顫抖著，而且有一句沒一句，但他還是沒有停下來，仍繼續把話說完。

「所以，我才把自己賭在遊戲上頭！這樣哪裡奇怪？你們才弄錯了吧！」

材木座吸著鼻子、抖動著肩膀慟哭。他不斷抽泣，含著淚水瞪向對方，那模樣怎麼看都像戰敗者。

他的樣子很難堪，秦野和相模的臉上滿是厭惡。不，他們看到的或許不是材木座，而是過去那個難堪的自己。

──想必他們也很喜歡遊戲，而且曾經抱持著夢想。

然而，一個人要獨自背負夢想，實在太過沉重。

隨著年齡增長，我們漸漸看清現實中的未來，不再擁有追求夢想的能力。

不到二十萬日幣的薪水、明星大學畢業生慘不忍睹的就業率、一整年的自殺人數、加稅、再怎麼繳也拿不回來的年金……我們淨是面對這樣的現實。若是稍微成熟些的高中生，還會提早認清這些事。

大家半開玩笑地說「工作就輸了」這種話，絕對稱不上是錯誤。

在那種世界一味地追求夢想，只會讓人感到痛苦和懊悔，光是想像便不禁嘆息。

單純因為喜歡是行不通的。

所以，他們要強化自己。他們累積知識，看著那些只會做夢的人，確定自己和那些人不同以激勵自我。

──因為他們說什麼也不願意放棄。他們怎麼有辦法否定那種行為？

「……你太不瞭解現實了，現實跟理想是不同的。」

「那種事情我早就知道！遊樂場裡有個以作家為目標、不停到處投稿的人，現在

公司上班！得意地炫耀自己通過比賽複試的傢伙，現在還是尼特族！我當然也很瞭

解現實……」

材木座緊握拳頭，激動得指甲快要刺破皮膚。

「我說自己要當輕小說作家，九成九的人都會捧腹大笑，說『別做那種無聊的白

日夢』，或『死小鬼，看清現實吧』。這些『我都知道！可是……」

……是啊，我們都很瞭解現實。

我們瞭解恐怖分子不會突然襲擊教室；街道上也不會出現滿滿的殭屍，大家只

能關在家庭用品賣場裡避難。

一般聽到某人要成為遊戲劇本家、輕小說作家的宣言時，大多會認為那是荒誕

無稽的白日夢，如同前面提到的那些無聊妄想。

不會有人真心支持，也不會有人認真阻止。即使對自己的夢想很認真，其他人

依舊不會當真。

所以，總有一天我們會放棄那個夢想，為曾經做著白日夢的自己，以及正在做

白日夢的人感到可笑。我們會笑著敷衍這一切。

即使如此，材木座竟然還有辦法一邊哭喊一邊吸鼻子，用顫抖的聲音訴說自己

的夢想。

「現在我終於明白，即使未來當不成作家，我還是會繼續寫下去。我不是因為想

成為作家才喜歡那些東西！而是因為喜歡才想成為作家！」

老實說，我很羨慕他。

我羨慕他不會疑惑、不會悲觀地看待一切，擁有僅靠一句「因為我喜歡」便決定自己未來的憨直。愚昧也該有個限度，他的直率已經到達眩目的地步。

能夠老實說出「喜歡」這句話，實在是堅強得讓人感到耀眼。既非玩笑也非逞強，而是發自內心的這種純粹，早已被我深深地封存起來。

因此，如果……如果材木座跟我贏得這場比賽……到時候，我也可以試著相信看看──但如果輸了，我還是不會相信。

「……材木座，換你了。」

我用力握著牌的拳頭抵住材木座的胸口。

他輕撫胸口，感受自己的心跳。接著，他接下我手上的牌，踏出一步準備坐下。

「……事到如今，不論他們說什麼，我都不會放棄。」

我們擦身而過時，他帶著幾分沉著對我低語，聲音還滿悅耳的。不要啊！我好擔心自己忘不了那句話！

他深深地吸氣、吐氣，讓自己不再哽咽。

「……呼，久等了，我們一決勝負吧……」

我們總共剩下八張牌…黑桃J、梅花8、紅心3、方塊4──以及四張6。

「看招──Infinity Slash！」

他迅速抽出撲克牌，發出「砰」的一聲拍到桌上。我懂了，8橫躺下來即為無限的符號；再加上「切」牌，所以是 Slash。

「八幡。」

我制止他要連同撲克牌一起送給我的話。

不用全部說出來，我很清楚。

我坐上座位，攤開手中的牌。

時機成熟了。正因為我們一路吃敗仗、一直居於最弱勢，但仍不肯放棄，現在才得以發動這一招。

這是韌性？耐性？精神論？抑或是有志者事竟成？

都不是，我們一開始便在等這一刻。

所以，在這之前的敗仗都不算是敗仗。前面那些微不足道的敗仗，都是為最後的勝利鋪路。

除非自己認輸，才是真正輸掉比賽。站在我背後的男人，直到最後都不會承認失敗和錯誤，因此，他可以說是最接近勝利的男人。

即使已經山窮水盡、看不到任何希望，如果還能吶喊出聲，不依靠任何事物，只憑自己純粹的意志堅持下去……

那麼，那便能夠稱之為「夢想」吧。

那是其他人難以撼動的無價幻想，也是世上極為稀罕的現實，只有非常少數的人能夠擁有。

一想到這裡，我不由得打起哆嗦。這種高潮感真是難以言喻，我忍不住吐露憧憬已久的台詞。

「……不會輸的。」

「沒錯，不會。」

兩個男人背靠著背，一起說出這句台詞：

「我們才不會輸！」

我抓起那四張牌，砸到桌面上。

「the end of genesis T.M.Revolution type D！」

材木座你別吵，留下 Revolution 這個字就好！沒事說得那麼帥氣做什麼？我差點就要感受到你的才能了。

由比濱露出苦笑，雪之下也發出嘲笑似的嘆息，聳聳肩表示「Pass」。

秦野跟相模則彷彿什麼東西梗在喉中，憤恨地看向材木座。

這是當然的。

他們過去想必也這樣玩過遊戲，只是不知從哪一天起，他們見識到許許多多的事物，單純「喜歡」的心情已經無法滿足自我，於是開始尋找理由。

他們出現短暫的猶豫，不知是在思考該如何出牌，或是回顧自己走過的來時路。

「Pass……」

「幹得好，八幡，接下來交給我吧！」

材木座藏不住興奮之情，滿臉笑容地搶過我手中的牌。

「Sword of Jack……THE Reverse。」

他故意說得很帥氣，但如同各位所見，只不過是一張黑桃J。

「喂！你白痴嗎？使出『11革命』的話，我們原本革命不就沒意義了！」

在發動革命的情況下使用「11革命」，結果即為再轉回來。如同「反對的反對是贊成」，這一輪的數字強弱將回歸正常。現在明明是消耗弱牌的時候……

「咦…………啊！」

材木座連眨好幾下眼睛，這才注意到自己幹的蠢事。這傢伙要出什麼牌，竟然是先考慮喊技能名稱的爽度嗎？……

這傢伙果然是個白痴。雖然剛剛還說不會輸的，但現在已萬事休矣，而且材木座沒有絕影那種人偶，我也不會超級神拳（註41）。

由比濱思考一會兒後，決定放棄出牌，接著相模迅速打出黑桃2。

鬼牌目前落在遊戲社的手中，所以再也沒有其他牌可以贏過黑桃2。

秦野跟相模對看一眼，大大地嘆一口氣。

目前輪到他們當莊家，而且革命持續進行中。

註41 動畫「超能奇兵」中角色使用的技能名稱。

遊戲社剩下三張牌，我們兩組各剩兩張。但是在遊戲社當莊家的局面下，等於讓他們解出完全勝利的方程式。

「好吧，我認同劍豪先生的志氣。」

奏野說完，伸手夾住兩張牌。

「可是，現實就是如此。」

他拿起那兩張牌，如同揮舞死神的鐮刀。

還是差一點……要不是那個愚蠢的失誤，我們早已獲勝，可惜現在多說什麼也沒有用。

正當我想著「沒辦法，只能脫了」的時候——

「我投降……不管怎麼算，都不可能獲勝……」

始終保持沉默的雪之下扶額嘆道。秦野聽到意料之外的人開口，突然停下動作。

「咦……小雪乃，妳為什麼知道？」

「只要留意所有出過的牌，答案不是很明顯嗎？再扣掉我們自己的牌，便能知道對方剩下什麼。而且大富豪跟大貧民會換牌，強的牌已經在遊戲社那裡，所以要過濾出答案不是什麼難事。」

「妳是電腦奶奶（註42）嗎……」

雖說把所有出過的牌記下來就好，連小學生也想得到這種方式，但實際上根本

註42 一首日文歌曲名。

不會有人這麼做。記牌本身已經很費腦力，更不用說還要同時思考戰術。再說，當大家沉迷於遊戲時，那些事情早已無所謂，只有2跟鬼牌才是重點。

……反過來說，這傢伙是傻瓜嗎？

「遊戲社出鬼牌跟8的組合，8切牌後再出掉最後的方塊7。比企谷同學他們剩下紅心3跟方塊4。無論怎麼想，我們都沒有勝算。」

雪之下不耐煩地解釋完後，放下手中的牌站起身。等一下，妳真的知道我們拿什麼牌啊？妳是阿爾達超能力者嗎(註43)？

她不甘心地咬緊嘴唇，害羞地臉頰泛紅，慢慢把手放到夏季背心的衣襬上。細長的手指因為屈辱而不停顫抖，怎樣都抓不牢，連我都快要看不下去。

「呼……」

雪之下短吁一口氣，咬緊牙根用力抓住衣襬。

接著，她緩緩撩起背心，露出藏在裡頭的上衣。從鈕釦之間的縫隙，隱約可見白如陶器的絲滑肌膚。

雖然很不願意承認，但我的視線被她牢牢吸住，而且我不討厭這樣。

我吞一口口水，同一時間，旁邊傳來「啪沙」的聲響。

幹什麼啦？安靜別吵！萬一漏看什麼該怎麼辦？

我往聲音發出的方向瞪一眼，原來是秦野手中的鬼牌不小心掉下去。

「對、對不起。」對方也明白現在不是掉牌的時候，趕忙道歉後連牌都不撿，又

將視線轉回去……真是的，給我小心一點。

接著，我也把頭轉回去繼續觀賞……不過，有個東西硬是遮住我的視線。

「停！好，到此為止。」

眼睛周圍的皮膚，感受到女生特有的柔軟雙手。

我輕輕撥開那雙手，看見由比濱用對待垃圾的眼神盯著我。

「做什麼……」

由比濱氣得鼓起臉頰，並未回答我的問題。她把頭往旁邊一撇，頭上那顆丸子

跟著晃動，一副很不高興的模樣。

「小雪乃，妳不需要脫衣服。」

由比濱握住雪之下的雙手，止住她的動作。於是雪之下逐漸放鬆僵硬的身體，

無力地回握由比濱的手。

「……不過，比賽就是比賽。雖然把妳捲進來，實在讓我有些過意不去。」

「啊～我不是這個意思。妳看，我們還是可以贏。」

由比濱說完，從桌上拿起自己的牌。

「嘿，3最大。」

先前秦野鬆開的那張鬼牌，正面朝上地落在出牌區。

「咦！」

相模的驚叫聲，有如出自橫山光輝筆下《三國志》的角色。

「啊！」

秦野也露出金肉人般的驚愕神情。

在一般情況中，黑桃3是最弱的一張牌，但在特殊規則下，它將成為對抗萬能鬼牌的唯一手段。而且在革命時，3也會躍上最強牌面的寶座。

在如同現代社會寫照的「大貧民」遊戲中，它是既脆弱卻又閃耀著希望的存在。

「來，小雪乃。」

由比濱興奮地把最後一張牌交給愣住的雪之下。

雪之下不好意思地接過那張牌以及由比濱的微笑。

於是，勝利女神對女王展露笑容。

夕陽照進遊戲社的社辦，在一片逆光中，某人輕輕擺出勝利姿勢。

這場勝利來得令人措手不及，我品嘗著稱不上餘韻的餘韻，對遊戲社的社員開口：「喜歡還是討厭，跟有沒有知識無關……人生是很講求運氣的遊戲。」

夢想能不能實現、比賽能不能勝利，都是由運氣決定。這是《幸運超人》教會我的事。不過，這種遊戲未免太莫名其妙。所以說，材木座的夢想能不能實現，也得問問他的運氣。

我稍微吁一口氣，面帶笑容對材木座和侍奉社說：

「現在便放棄或否定夢想，還太早一點。」

「比企谷同學，請你快點穿上衣服。」

× × ×

走出遊戲社的社辦時，開放的走廊上吹來一陣微熱的風。由於剛才長時間處於緊繃狀態，現在我的肩膀還疼得要命。

我把手放到肩上，脖子一扭，聽到一陣清脆的聲響。身旁的由比濱盡情地伸懶腰，雪之下也努力忍住小小的呵欠。

「那個……非常對不起。」

「我們還嘲笑你……」

秦野跟相模自責地低下頭。他們能夠坦率地道歉，即為心地正直的證明。

正是因為如此，他們聽到材木座的妄想時，才會忍不住說那麼多。

以某方面來說，只有他們認真聆聽材木座的夢想。如果不是這樣，他們根本不會否定。

──不過，我可不一樣。我打從心底否定他，認定他是一個人渣。

「唔喔？哇哈哈哈哈！知道就好！你們再等幾年吧，我材木座義輝，一定會推出高水準的遊戲！」

囂張的材木座實在讓人厭惡，不過遊戲社的兩人只是笑著帶過。

「好的，我們很期待劍豪先生的遊戲。」

「話是這麼說，但版權歸公司所有，所以遊戲不會單純屬於劍豪先生。」

聽到這句話，材木座立刻停止笑聲。

「唔？嗯？什麼意思？」

秦野和相模對望一眼，然後仔細地為他一一說明。

「基本上，在公司製作的東西，都算是公司的財產。」

「這叫做共同著作權，權利歸公司所有。」

「雖然依照契約內容可能會有所不同，但如果是遊戲的劇本，大部分是由公司買斷。」

「公司買斷的話，不論之後遊戲多暢銷，作家都只拿得到一開始的那筆錢。」

「真、真的假的！」

材木座震驚得把書包掉到地上。

「那、那還是算了……嗯，我放棄。」

這個傢伙……竟然馬上露出本性……真想痛扁他一頓……

我拚命克制一拳打爆他太陽穴的衝動，遊戲社的兩人也不知該說什麼，甚至露出半是同情的苦笑。

「哼，不管遊戲賣得再好，如果我只拿得到一點錢，一樣沒有意義。果然還是當輕小說作家最好！啊，既然已經下定決心，不能在這裡浪費時間，得趕快開始構思

「劇情……」

材木座迅速拎起書包，盤著手臂邁開大步離去。

「那麼再見啦，八幡！」

我沒有多說什麼，只是揮著一隻手要他滾蛋，他則滿臉喜悅地揮手回應我。

……總覺得，這是我參加侍奉社後第一次做白工。

「該怎麼說呢……真是個怪人。」

秦野如此低喃。

「沒錯吧？跟他在一起，從來不會有好事發生。」

「不過，你們也是一群怪人……」

相模有些冷淡地回道。

「啥？喂，你們對一個超級正常的人說什麼——」

「你那樣要到哪個文化圈才算正常啊？跟你這種怪人在一起真是辛苦。」

「可是，小雪乃也很奇怪耶……啊哈哈……」

由比濱見雪之下冷靜地說出那種話，尷尬地笑著說道。

「有道理，我跟比企谷同學都有些地方不太正常……因此，如果有像由比濱同學

但雪之下沒生氣，嘴角浮現溫柔的笑容。

一樣正常的人陪伴，會給我很大的幫助……」

在夕陽的餘暉下，雪之下的臉頰淡淡地泛紅。由比濱望著這一幕，逐漸流露出

欣喜之情。她的眼眶略微泛淚，用力抱住雪之下的右手。

「……好！」

「好悶熱……」

雖然雪之下如此抱怨，但仍維持那個姿勢，沒有抽開手臂的意思。

「總之，我們先回去社辦吧。」

我對她們開口，率先踏出腳步。走了幾步後，她們也跟上來。

不論如何，雪之下和由比濱再度回到之前的關係，算得上是好事吧。

唔～～雖然是自己的哥哥，但實在不行啊……

哥哥最常跟哪個女生講話？

關於

戶塚彩加

當面對她說這種話，會被揍喔……
那麼，老師以外的人呢？

唉……
啊，哥哥，晚餐要不要吃豬肉涮涮鍋？

那小町先出去買囉♪

平塚老師吧⋯⋯
不過那個人早已超過女孩的年齡。

戶塚吧？應該是戶塚，一定是戶塚，只有戶塚而已。今天我還跟他爭論巧克力螺旋麵包的吃法。戶塚喜歡撕開來一口一口吃，因為他的嘴巴沒辦法張很大。如果仔細觀察，會發現戶塚的嘴巴小小的很可愛，所以我讓他現場咬一口看看。結果他舔掉沾在嘴脣上的巧克力醬時，舌頭就像這樣動⋯⋯總、總之！最經典的一幕是他發現我在看他舔巧克力醬，害羞地移開視線時的表情！

喂，等一下，我還沒有說完。然後──

啊！不是要妳等一下嗎？聽我說完啦！
然後戶塚還說菠蘿麵包──

⑥ 他和她的起始終於要畫下句點

回到社辦後，我不經意地看向窗外。夕陽正緩緩沒入東京灣，夜幕逐漸降臨東邊的天空，宛如倒下藍色顏料。

「唉，現在該怎麼辦？我都把蛋糕烤好了……」

同樣看著窗外天色的雪之下發出嘆息。放學時刻即將到來，在下課鐘響之前的短暫時間內，大概只夠我們把蛋糕切開。

由比濱聽到雪之下的話，不解地歪頭問：「蛋糕？為什麼有蛋糕？」

「還問為什麼……啊，對喔，我們還沒有說。今天找妳來這裡，是想幫妳慶生。」

「咦？」

「由比濱同學最近一直沒來社團……所以想跟妳說，請妳不要懈怠……另外，也可以算是對妳的感謝……」

雪之下輕咳一聲掩飾自己的害羞，但她還沒把話說完，由比濱便撲了過去。

「小雪乃，妳記得我的生日啊。」

應該不能說是記得，只是從她的郵件信箱地址推測出來。

反正中間的過程不是重點，重要的是，由比濱沉浸在一片喜悅當中。

「可惜今天已經來不及了。」

雪之下終究受不了那股悶熱，想要跟由比濱拉開距離。由比濱稍微抗拒一陣子，突然想到什麼似地拍一下雙手，雪之下趁機掙脫出來。

「不然，我們去校外慶祝吧！」

「不過校外也沒什麼地方……」

雪之下對突如其來的提議感到猶豫，不過由比濱要她不用擔心，眨著眼睛表示：

「包在我身上」。

「放心放心，我會負責跟店家訂位。你們為我準備蛋糕，我已經非常開心。」

「其實不只有蛋糕……」

「咦！還有禮物嗎？」由比濱看著雪之下，眼睛閃閃發光。雪之下不久前才從她的擁抱中脫身，現在她又湊了上來。

雪之下一邊回答她的問題，一邊慎防對方再度撲過來。

「嗯，是啊……不過，不是只有我一個人準備禮物。」

她說到這裡時，看了我一眼。

「咦……難不成……」

由比濱察覺她話中的含意，露出有點不知所措的曖昧笑容。

「啊、啊哈哈，想不到自閉男也會準備禮物～因為前一陣子……感覺……氣氛有點尷尬。」

我一跟由比濱對上視線，兩人又立刻別開。

雪之下也在場時，我還可以假裝不覺得有什麼尷尬，但她現在主動把球丟給我，代表她很清楚我們之間發生什麼事，要我們趕快解決。

這傢伙平時明明一點也不溫柔，卻在這種奇怪的地方多管閒事……

我從書包裡拿出一個小包裝，若無其事地遞給由比濱。

「……這可不是因為妳生日才送的。」

「咦？」

儘管接下來的話實在很難啟齒，我還是勉強自己擠出句子。

「我稍微思考一下。該怎麼說呢……把過去的事情一筆勾銷如何？我救妳那隻狗的事，還有妳始終放在心上的事，全部當成沒發生過。」

我盡量不看由比濱的反應，不留任何空檔地繼續說下去。

「再怎麼說，妳都沒有一直過意不去的理由。雖然當時我受重傷，不過對方投保的公司有提供理賠，律師跟駕駛聽說也有來道歉，所以，妳一開始便沒有同情或內疚的必要。」

我每說出一句話，心臟便像被揪住似地感到一股壓力，但如果不說出口，就無

法了結這件事。

「而且，我也不是因為妳才幫忙的。」

由比濱看向我，眼中閃過一陣難過，接著又立刻低下頭。

「我不是賣人情給某個特定的人，所以妳也不用執著於還我人情。不過，既然我讓妳操那麼多心，相對地應該有所回報，所以想送妳這個東西，代表我們從此扯平。接下來妳不用再顧慮我，一切都到此結束。」

全部說完後，我呼出一口氣，感覺連胸口的不快都吐出來。

這下子終於能夠解脫，包括令人搖頭的誤會，以及自己搞錯的防衛行為，全部都能畫下句點。不過，這麼想本身或許就是個令人搖頭的誤會，也是自己搞錯的防衛行為。

我看不出由比濱的表情，只知道她緊抿著嘴唇。

「……為什麼你會那樣想？我從來沒同情過你，也沒對你過意不去。只是……」

她的聲音在顫抖，而且相當微弱。我跟雪之下完全無法回答，只能靜靜聆聽。

社辦的一角微微陷入黑暗。再過一會兒，夕陽即將完全隱沒。

「總覺得事情越來越複雜，我開始搞不懂了……本來還以為很簡單的……」

接下來的話顯得比較有精神，但由比濱勉強自己開朗起來，反而讓這句話顯得虛弱無力。

這時，冰冷的說話聲打破現場的曖昧。

「這不是什麼複雜的事。」

雪之下背對夕陽站著。海風從敞開的窗戶吹入，掀起她的頭髮。

「比企谷同學不記得自己幫助過由比濱同學，由比濱同學也不記得自己同情過比企谷同學……你們一開始便搞錯了。」

我說完後，雪之下領首。

「是啊，沒錯。」

「嗯，所以我認為，比企谷同學選擇『讓一切結束』是正確的做法。」

由於我們一開始便搞錯方向，自然會走到錯誤的結果。不論對方抱持什麼樣的感情，我都不可能改變答案。

即使——只是假設——即使那是一種很特別的感情。

因為意外事故才萌生的感情、藉由犧牲自己得到的同情、不管是誰來救都有可能產生的戀情，我都不可能當真。

我出手救她的時候，不知道她是什麼人，所以她也是在不認識我的情況下被我拯救。她的情感和溫柔並非為我而生，而是某個幫助她的人。

因此，這一點絕不能搞錯。

既然如此，我早已不再自顧自地期待，然後落得一場空。

一開始便不再期待，中途也不會期待，直到最後都不抱期待。

由比濱沉默半晌才開口低喃：

「可是，要在這裡結束，總覺得⋯⋯好討厭喔。」

「⋯⋯傻瓜，結束的話再重新開始不就好嗎？而且，你們也沒做錯什麼。」

「啊？」

雪之下突然說出意想不到的話，我不禁懷疑自己是否聽錯。

她一臉悠哉地撥開肩膀上的頭髮。

「雖然你們搞錯自己在幫誰又被誰幫助，不過同樣都算是被害者吧？這樣的話，你們應該向加害者追究一切。所以⋯⋯」

她在這裡暫停一拍，利用短暫的空檔來回打量我們兩人。

「⋯⋯你們當然也可以好好重新開始。」

她露出溫柔但有點寂寞的笑容。

在一片夕照下，我無法得知她瞇細的眼中看見什麼。

「我要先去向平塚老師報告我們已經補滿社員。」

接著她想起這件事，漠然轉過身，用比平常略快的速度走出社辦，完全不回頭看我們。

剩下我跟由比濱留在原地。雪之下說出她要說的話，所以沒有問題，但現場的氣氛還是有些尷尬。妳多少想想辦法吧⋯⋯

由比濱偷瞄我的反應，宛如在尋找時機，用確認的語氣對我開口：

「嗯⋯⋯那麼⋯⋯請、請多多指教⋯⋯」

她不管我怎麼想，單方面地對我這樣說，不知為何還行禮致意。

「啊……喔……」

我完全不知道要多多指教什麼。

感覺有些地方不太對勁，我們好像被雪之下那番話唬住了。講歪理、耍嘴皮子

明明是我的絕活，想不到被她反將一軍。

我不禁苦笑，這時，由比濱輕輕戳我的背。

「請問……我可以打開嗎？」

「妳想開就開吧。」

既然禮物已經交給由比濱，所有權便歸屬於她，根本不需要徵求我的同意。

她小心地拆開包裝紙後，睜大眼睛發出驚嘆。

「哇……」

那是一個由數條黑色皮革編織而成的項圈，中間有一小塊銀色吊牌，戴在棕毛

小狗的脖子上應該很醒目。不是我在吹噓，這份禮物選得真好。這都拜長年來得為

小町買生日禮物所賜，我幫妹妹跑腿的功力可是一流的。

由比濱似乎也很滿意我的選擇，平靜地凝視那個項圈。

「等、等我一下。」

她說完便轉過身去。經過不到三十秒，又撥弄著前髮抬起頭。

「好、好看嗎？」

她不太好意思地別開視線。

黑色皮革項圈為潔白的頸部增添色彩，跟被夕陽染成棕色的頭髮對比之下，顯得非常美麗又相稱。

可是，實在很難說出口……

但這件事還是跟她說清楚比較好。

「其實……那是給狗戴的項圈……」

既然如此，為什麼戴在她的脖子上也那麼適合啊……

「咦？」

由比濱的臉頰漲得通紅。

「──笨蛋！早一點說啦！」

她用力把包裝紙砸到我身上。等一下，那不是一看就明白嗎？啊，我瞭解了，因為那個項圈還可以調整大小。

「真是受不了……我去打電話訂位！」

她氣呼呼地卸下項圈要離開社辦。打開門時，又突然停下腳步。

「……謝謝你，笨蛋。」

由比濱丟下這句話，然後頭也不回地用力關上門，甚至不給我機會回應。

「唉……」

社辦內只剩下我一個人。我深深嘆一口氣看向窗邊，亦即雪之下先前站的位置。

我跟由比濱的座位和雪之下相隔不到兩公尺，但不知道為什麼，我忽然有一種那之間被一條看不見的線隔開，讓人難以跨越的感覺。

不久之後我才明白是什麼東西——事實，或者說是真相——把我們跟她徹底分開。

（完）

BONUS TRACK！
「像這樣的生日快樂歌」

本 BONUS TRACK 是由《果然我的青春戀愛喜劇搞錯了》第三集限定特裝版附贈之廣播劇CD內容改寫而成。CD內容是銜接第三集正篇的後續，因此建議讀者先讀完正篇再聽廣播劇，以及閱讀本 BONUS TRACK。另外，在改寫成小說的過程中，有部分內容與廣播劇相異，還請多加包涵。

生日。

這不僅是自己出生的日子，也是產生各式新創傷的日子。

例如，慶生會只有我沒被邀請；以為大家在為我唱生日快樂歌而感動半天，結果發現他們是幫同一天生日的另一個同學所唱；寫錯自己名字的生日蛋糕……最後一項是怎麼回事？我媽到底在搞什麼？不要連自己兒子的名字都寫錯好嗎？

小嬰兒出生時之所以要哭，說不定不是因為來到這個世界上很感動，而是因為和母親分開，體驗到人生中的第一次孤獨。

所以出生的那一天，即為孤獨的開始。

古人云：「莫忘初衷。」

是故生日應該獨自度過，而非邀請朋友熱熱鬧鬧地舉辦慶生會……不過，為壽星慶祝的心情是不會錯的，對吧？

　　　×　　　×　　　×

我走在特別大樓的走廊上時，看見前面幾公尺的地方，有個女學生很高興地邊走邊哼歌。

那是由比濱結衣。她平常就是很開朗的少女，今天看起來又格外高興。

「哼哼哼～～♪」

「哎呀，由比濱，妳好像很高興？一邊走路一邊哼歌，想必是有什麼好事吧？」

我出聲叫住由比濱，她停下腳步，帶著燦爛的笑容回答：

「啊，是平塚老師。其實啊～今天是我的生日……想不到小雪乃要為我舉辦慶生會呢！」

生日……青少年可能還會覺得很興奮，不過到了我這個年紀──哎呀，危險。

228

總而言之，這對她來說是件值得高興的事，我應該好好祝福她才對。

畢竟當她到了我這個年紀，還能不能坦率接受那些祝福可是個未知數。

「喔？今天是妳的生日？生日快樂。看見妳跟朋友相處得很融洽，便是最讓我欣慰的事。我可以明顯看出雪之下的成長，倒是另一個人⋯⋯唉⋯⋯」

這時，我腦中忽然閃過一個男學生的面孔。由比濱似乎也一樣，因而微微露出不知該做何反應的苦笑。

「嗯～其、其實自閉男也⋯⋯雖然他基本上是個廢物沒錯，不過有時候也很溫柔，還有送我禮物⋯⋯」

我看著由比濱的反應，嘴角自然而然地放鬆。

「喔？不過，我都還沒有說是誰呢。」

「什麼？難道老師在挖陷阱！」

她嚇得慌了手腳，不過那並非在挖陷阱。

「真要說的話，應該是誘導詢問才對。無妨，那兩人就麻煩妳了。我知道會很辛苦，但你們還是要好好相處喔。」

「唔，我暗自想著這種口氣有點像在說教，同時觀察由比濱的反應。只見她先是呆愣半晌，然後老實說出內心的感想⋯

「是⋯⋯感覺老師好像我的媽媽喔。」

「嗚！我、我還沒到⋯⋯那種年紀⋯⋯」

那一瞬間，我的心臟彷彿被鈍器狠狠敲一記。我勉強撐住不穩的腳步擠出微笑，由比濱連忙補充：

「啊，我不是那、那個意思啦。應該……很像媽媽的才對。啊！對了！就是母性！老師一定會成為好媽媽的！結婚之後！」

「嗚咳！老師知道妳沒有惡意，所以受到的傷害反而更大……」

原本拔刀術的最大破綻，正是在拔出刀子的那一刻。要是我沒先看過《神劍闖江湖》，明白該如何應對兩段式拔刀術，一定抵擋不住這兩波攻擊而被擊倒。

沒問題，她還算是在稱讚我，現在還沒到放棄的時候！

加油！平塚！

我努力打起精神，這時，由比濱像是想到什麼似地開口：

「對了，老師要不要也來參加慶生會？」

「嗯……謝謝妳的好意，可惜我今天得去參加別的活動，沒有辦法參與。」

「老師也要幫人慶生嗎？」

「並、並不是……即使打死我，也不能把聯誼活動說出口……」

在她詢問是什麼活動之前，趕快先轉移話題吧。

「話說回來，慶生會的主角還在這種地方閒晃好嗎？大家應該都在等妳吧？」

「啊，對喔。那我先走了，老師再見！」

「好，玩得開心一點。」

我目送由比濱跑走後，仰望窗外夕陽即將隱沒的天空。

「……唉，好想結婚。」

×　　　×　　　×

我跟雪之下正在無聲的社辦內看書。如果只是這樣跟平常沒什麼不同，今天的不同之處，在於社團結束後，我們難得地還有其他活動。

「我說，雪之下，今天已經沒有社團活動了吧？雖然說就算有，我們一樣是坐在這裡看書……」

雪之下不看我一眼，將手中的文庫本翻過一頁後回答：

「嗯，而且接下來還要幫由比濱同學慶生，無暇進行侍奉社的活動。請問你有什麼不滿？」

「我沒有不滿，只是覺得社團休息一次，有種賺到的感覺。由比濱能來到這個世界，真是太好了。多虧她的關係，我們今天不用進行社團活動。」

「我實在不知道你的話題規模究竟算大還是小……唉，你還是那麼膚淺。」

雪之下無奈地闔起書本，不過我也一樣很無奈。雪之下小姐，妳還真是什麼都不知道。

「笨蛋，又不是有內容、有深度便一定好。」

「但我認為有深度才好。」

她說出我預料中的話。

「太深的河川水流湍急又會看不見底部，腳也搆不著地，所以反過來說，膚淺如我的人既平和又腳踏實地。」

我得意地說完，雪之下浮現不解的神情。

「奇怪……我怎麼覺得比企谷同學像個很了不起的人……」

「奇怪……我怎麼覺得自己被說成沒什麼了不起的人……」

真奇怪，我認為自己非常認真啊。

雪之下把頭歪向一邊說：「咦？你根本沒有什麼了不起的地方吧？」

「妳歪頭裝可愛做什麼？形象跟那句辛辣的話語落差太大啦，我會受到更大的打擊。」

接著，雪之下換上一本正經的表情。

「真抱歉，誰教我的個性就是不會說謊。」

「總覺得妳搞錯道歉的原因……我告訴妳，除了沒有朋友也沒有女朋友這兩點，我可是滿厲害的。」

我鄭重地這麼告訴雪之下，她立刻像頭痛發作似地輕撫額頭。

「在一般人的標準中，那已經是很致命的缺點……算了，反正我對一般人的標準也很有意見。」

「沒錯吧～朋友跟女朋友的數量越多越好這一點，根本是對個人的否定。世人稱道的偉人、天才當中，也不乏完全沒有朋友的例子。再說，妳身為全年級第一名的萬能天才少女，還不是一樣沒有朋友。」

「有、有一個……」

雪之下不太好意思地反駁。她的那一位朋友，八成也是我認識的人。

「妳要說由比濱對吧？可是，大家提到『朋友』時，通常是指複數的一群人，所以妳還是沒有朋友！」

「又在胡扯……」

雪之下又開始看不起我。她講到一半時，有人打開社辦大門。

「嗨囉～嗯？你們在聊什麼？」

由比濱結衣以白痴的招呼登場。

「啊，由比濱同學。其實沒什麼，只是比企谷同學一直堅持說自己很了不起。」

由比濱聽了，馬上拍手發出大笑。

「啊哈哈！不可能不可能！」

「不要瞬間否定我……等等，妳先仔細聽，我會條理分明地解釋自己了不起在哪裡。

「首先，我的外表很不錯，加一分。」

「但是有一對死魚眼，扣一分。」

「而且還自吹自擂……」

這兩個女生完全不買帳。

「唔！那、那麼……我念升學型高中，加一分。」

「但是有留級的危險，扣一分。」

「……哈哈哈，我大概沒有資格說別人，所以不表示意見。」

不僅雪之下的態度冷淡，由比濱也笑得很勉強。沒、沒關係，是我剛才列舉的幾點不太理想，不僅敘述太抽象，而且個人主觀因素很強烈，接下來就舉些具體且說服力又強的例子。

「不然，這個如何？國文成績在全年級文組中排名第三，加一分。」

「但是數學只有九分，是全年級最後一名，扣一分。」

「嗚嗚嗚～我只有十二分，不表示意見。」

由比濱快哭出來了。其他還有、還有什麼……

「唔唔唔……還有……很、很愛自己的妹妹。」

「那不就是單純的妹控嗎……」

她們一起朝我投以「去死吧，變態」的眼神。

「扣兩分。」

「為什麼這裡的配分特別不一樣？可惡！其他還有……不、不行，已經想不到其他的……」

我絞盡腦汁，但完全想不出其他可以說嘴的東西。雪之下見我頭痛不已，露出

得意的笑容。

「已經結束了嗎？我還想得到別的喔。」

「什麼……」

我沒用的事例還不只那些，難道妳擁有神的記事本？雪之下稍微別開視線，輕聲嘟噥道：

「例如……好好為由比濱同學慶祝生日，加一分……之類的。」

「啊？妳說什麼？」

「沒什麼。走吧，我們該出發了。我做的可是水果蛋糕，要趁新鮮的時候趕快吃。」

她若無其事地忽略我的提問，拉開椅子站起身。

「喔，好……」

我和由比濱也跟著起身。

「太好了！蛋糕！小雪乃，妳用什麼水果？西瓜嗎？」

「從最先想到用西瓜來做蛋糕這一點看來，妳的廚藝還是一樣糟糕……」

　　　　×　　　　×　　　　×

我們離開社辦，在走廊上漫步。下到一樓時，我想起稍早收到小町傳來的訊息。

「那麼，我們要去哪裡？小町說她也想參加，我在想要不要叫她一起來。」

「有何不可？」

雪之下點頭，由比濱接著回答：

「在車站前的KTV。傍晚五點之後可以無限歡唱（Free Time），非常划算。」

「喔，好，那我先傳簡訊給她。不過，無限歡唱……真是討厭的字眼。」

一段不堪回首的往事，冷不防地閃過我的腦海。由比濱訝異地開口追問：

「咦？為什麼？唱得再久都是相同價錢，不是很好嗎？」

「自由並非絕對的好事，那也意味著缺少防護。」

雪之下說的很有道理，我點頭同意。

「沒有錯。畢業旅行、遠足、游泳課……每次老師讓大家自由活動時，我總是不知道要做什麼。而且在游泳池裡根本沒什麼事好做，我只好游了整整兩公里。」

「那已經是長泳吧。」

沒錯，遠遠超出課程範圍，累死人了……

「哈哈哈，關於這個問題，畢業旅行時，只要乖乖走在隊伍後面三步的地方不要說話就好。」

「真是討厭的大和撫子（註44）……」

我們天南地北地閒聊，來到大樓門口時，突然聽到一陣高亢的笑聲。

註44　意指遵從「三從四德」的日本傳統女性，會走在男性的三步之後。

「哇哈哈哈哈哈！八幡！」

「⋯⋯奇怪，是錯覺嗎？」

「不過，為什麼是去ＫＴＶ？」

「唔？呵呵呵呵，八幡⋯⋯」

對於我這個問題，由比濱思索一會兒。

「不好嗎？這樣一來，我們再吵鬧也不會被罵，還有飲料無限暢飲。」

「唔嗯⋯⋯八、八幡？你有聽到嗎？」

「而且聽說有人過生日的話，還可以自己帶蛋糕進去。」

「不過要先跟店家講好。」

剛才那陣笑聲果然是我的錯覺，我們三人繼續對話。

「嗯⋯⋯不過明明是由比濱的生日，卻讓壽星負責訂位⋯⋯」

「有、有什麼辦法，不然這種時間我也不知道可以去哪裡。」

「哎呀～不用放在心上啦，你們幫我慶祝生日，我已經很高興了。」而且一想到

「由比濱同學⋯⋯還覺得更高興。」

「嘿嘿。」

兩個女生有點害羞地臉紅，彼此交換一個微笑。

這時，一陣劇烈的蹬地聲傳來，我們的眼前出現一個黑影──

能幫上小雪乃⋯⋯

「JUST A MOOOOMENT！DON'T LEAVE MEEEE！」

那團黑影發出怒吼，嚇得雪之下跟由比濱縮起身體，我也一樣。

「呀啊！」

「哇啊！」

「唔喔！嚇死人了……什麼？是材木座啊，原來你在？」

等等，他剛剛就在現場嗎？

「咕嚕咕嚕！如果要問在不在，我便得先證明自己的存在。」

他故意咳嗽幾聲，裝腔作勢地說道。真是煩死了。

「啊，算了，不用那麼麻煩。所以你有什麼事？」

材木座得意地盤手回答：

「嗯，我剛才離開之後，立刻構思出新的輕小說設定……可以給你們看看喔。」

「為何說得像是要施捨給我們……還有，請你別拿設定跟大綱給我們，直接拿完整的原稿過來。」

「哇！哈！哈！哈！告訴你，我這次的輕小說，光是設定就很精采。來吧，快來欣賞！」

「現在嗎？抱歉，我們現在很忙，改天好不好？」

材木座把一疊紙遞過來，但被我一口拒絕。於是，他忽然看向遠方說……

「呼哼！八幡，你有沒有聽過這句話……『機會之神只有前髮。』這是在告訴我們不要錯過機會……嗯？但即使只有前髮，不是還可以抓住他的手跟腳嗎？」

「我哪知道？不要胡亂引用連自己都不懂的話……要是你真的很急，更應該去網路留言板詢問大家的意見。」

「那個我做不到。萬一被其他 Wannabe 說『噗咳 ww 你的作品未免太爛啦 www 哇哈哈 www 沒有半點作家的才能 www』，我可是會去死。」

「在鍛鍊你的文筆跟創意之前，先磨練一下自己的抗壓性吧。」

見材木座廢物到如此地步，我不禁好好地開導他一番。

「比企谷同學，什麼是 Wannabe？」

「我也不清楚，不過，感覺應該是想成為輕小說作家的人。」

大家對這個字有各式各樣的解釋方法，不過 Wannabe 是來自「I wanna be」，亦即「我想成為」的英語應該沒有錯。但是再詳細的內容，我便不太瞭解。由比濱似乎也不瞭解，因而佩服地說道：

「是喔～我還以為是千葉動物園裡的動物。」

「……那裡並沒有沙袋鼠（註45）。」

「由比濱同學，那是東部灰袋鼠。」

雪之下認真地糾正，由比濱紅著臉提出反駁。

註45 wallaby，一種小型袋鼠。

「人、人家知道是袋鼠啦！而且不是有比較小隻的嗎？人家是跟那個弄混！」

「……妳是說狐獴嗎？」

「沒有錯！嘖，真可惜……好，繼續下一題！」

「一點也不可惜，而且現在又不是在進行千葉通機智問答。」

還有，妳們未免太瞭解千葉動物園，真可怕。」

「到此為止！先別管那些含袋類動物！」

材木座拍拍手中的原稿，為自己大力宣傳。

「這可是我的自信作！之前我總是被稱為垃圾人渣 Wannabe，不過現在要擺脫那些多餘的部分，只是時間早晚的問題……」

雪之下聞言，撫著下巴點點頭。

「我懂了，所以接下來要叫你『垃圾人渣』對吧？」

「妳是那樣想的喔……」

「是那樣想的喔……」

正常情況是擺脫垃圾人渣，變成 Wannabe。但即使擺脫多餘的部分，依然只是一個 Wannabe……

雖然如此，材木座還是露出自信滿滿的笑容。

「呵，你們看過後便能發現差異……話說回來，八幡，你們今天要忙什麼？」

「嗯？喔，我們要幫由比濱慶祝生日。」

「什麼？生日！如果用英文來說，不就是 Birthday 嗎？」

「沒錯，雖然你根本沒有使用英文的必要。」

接著，材木座突然感動得渾身顫抖。

「哎呀，原來遠古傳說是真的……當其滿十七歲時，劍豪將軍也要飛奔過去祝

賀……」

「你的反應有點可怕……」

由比濱倒退好幾步，拿我當盾牌躲到我身後。

「是他家的老奶奶聽到生日這個字而錯亂了吧，畢竟千葉縣民對這類話題很敏

感。」

「會嗎？我從來沒有在意過。」

「不，千葉中、小學的座號，不都是按照生日排列嗎？」

我向無法理解的雪之下解釋，由比濱也立刻想通。

「啊，沒錯！到了高中突然換成用五十音順序排列，我當時還有點驚訝。」

「嗯，從全日本來看，用出生日期排座號的確很少見。」

「誠然。正因為如此，很容易出現悲劇……」

「材木座，你突然說什麼？」

材木座一副很瞭解似的，表情倏地黯淡下來。

「……大家兩天前為我前面的同學慶祝生日，三天後則為我後面的同學慶

「啊～原來如此。」

「完完全全被遺忘了。」

有道理。生日是在學期中的人，確實有可能遇到那種事。我的生日在暑假，從來沒有跟一群人慶生的經驗，所以非常能夠體會。

「這樣一想，千葉縣對獨行俠真不友善。」

「咳嗯，八幡，不要說得好像事不關己的樣子。」

「比企谷同學的周圍全是毫無關連的人，所以不管什麼都不會當成自己的事。」

「不要面帶笑容地說出那種話，而且，這句話輪不到妳來說，妳自己的周圍也都是毫無關連的人。」

我回敬滿臉笑容的雪之下後，她撥起頭髮故作堅強地開口：

「沒錯，我的周圍都是毫無關連的人……」

「咦……」

由比濱聞言，失望地戳著她的背。

「由比濱同學，請妳不要一直戳我。」

「嗯……」

但由比濱沒有停手，仍然彆扭地戳著她。雪之下終於受不了，輕輕咳嗽一聲。

「嗯……更正，大部分是沒有關連的人，不過有例外情況。」

「小雪乃！」

由比濱立刻抱住雪之下。

「好悶熱……」

雪之下半是痛苦半是開心地嘟噥，我則對材木座道別。

「總之就是這樣，今天我們沒空，你改天再來吧。」

跟他道別後，我們繼續往前走。

然而，他的腳步聲仍然跟在我們後方。

「唔，真巧，今天我也剛好沒什麼事……」

「是嗎？有空閒很好啊……不過，你為什麼要跟著我們？」

我暗示材木座不要再跟過來，但他不予理會。

「真閒，真閒啊～不如找個地方晃一下吧～對了，八幡，你們要去哪裡？」

「車站前。」

「什麼……真是太巧啦，今天我也打算從車站那裡回家。難道這一切都是註定好
的……我懂了，這是這個世界的決定……」

「……」

看他裝模作樣實在很噁心，於是我選擇無視。

材木座一邊思考，一邊不時瞥向我們。

由比濱有些厭煩地湊過來說悄悄話。

「自閉男，那個中二……」

「中二？妳是這樣稱呼他啊？」

不覺得那樣很過分嗎……

不過，她毫不在意我話中的含意，繼續說下去。

「沒錯。我說那個中二，好像很希望我們邀請他耶。」

「這我也知道……」

雪之下聽到我的回答，聳肩嘆一口氣。

「明明知道還故意裝傻……唉，如果由比濱同學覺得沒問題，不妨也邀請他吧。」

與其讓他一直跟著，那樣還比較乾脆。

「嗯～～該怎麼辦呢？」

「但是邀請他的話，你便得負責到最後喔。」

「妳是我老媽喔……那麼由比濱，要不要邀請他？」

由比濱稍微考慮一會兒。

「嗯～我跟他也不算不認識，他又是自閉男的朋友……好吧。」

「謝啦，雖然我跟他才不是朋友。」

「不、不是朋友啊……」

她露出不知是驚訝還是呆愣的表情說道。我轉身對材木座開口……

「材木座，你要一起來參加由比濱的慶生會嗎？」

「唔？哎呀，可惜我正處於修羅場階段，被腦內的截稿期追殺中……不過拒絕別

人的邀請也很失禮，好吧，我跟你們一起去。」

「可惡……真想揍人……」

我完全不懂他在囂張些什麼，開口說出的話仍是老樣子教人不爽。雪之下聽了，眼神中也出現些許殺意。

「他遠比我想像的還要難搞……」

「沒、沒關係啦，反正越多人參加越有趣嘛。」

「妳不需要勉強自己。」

我這麼勸告由比濱，她則用一連串笑聲勉強帶過。

「啊、啊哈哈哈哈……啊，是小彩！」

「什麼？戶塚嗎？由、由比濱，妳剛剛說越多人慶生越有趣對吧？對吧！」

「咦？是、是沒有錯……不過你要去哪裡？」

我絲毫不理會由比濱的疑問，用有生以來最快的速度，如旋風般衝刺出去。

「他跑掉了……速度真是驚人……」

「戶塚～～今天是由、由比濱的生日，我們要去幫她慶祝，你要不要一、一、一起來呢？」

我對戶塚大聲問道，同一時間，依稀聽見後方傳來材木座的叫聲。

「啊？喂，反應怎麼跟問我的時候不同？好像不太公平耶。」

黃昏時刻的車站前呈現一片車水馬龍，我們五個人走在繁忙的街道上。

「抱歉，戶塚，硬是把你也找過來⋯⋯」

「不會啦，當時我也正打算送禮物給由比濱。而且，八幡願意邀請我，我很高興喔。」

戶塚實在太可愛，我不禁哭得稀里嘩啦。

「嗚嗚嗚⋯⋯戶塚願意一起來，我也很高興──啊！不行不行，雖然戶塚真的很可愛，但他是男的。冷靜下來，比企谷八幡，你不可以被迷惑。好，冷靜。維持修行僧的心態，絕不能被誘惑打敗。吸～～吐～～吸～～吐～～讓精神徹底沉澱下來⋯⋯修行切忌女色、修行切忌女色⋯⋯等等，戶塚明明是男的，這樣有什麼意義？修行僧這一招根本沒用！」

「你又在亂七八糟地嘀咕些什麼⋯⋯我們到囉。」

雪之下冰冷的聲音把我的意識拉回現實時，只見KTV已出現在眼前。

去KTV唱歌是高中生流行的休閒活動之一。學生跟唱歌之間，有一種怎麼斬也斬不斷的緣分。

例如合唱比賽⋯⋯等等，為什麼現實充會因為合唱比賽的練習而吵架呢？百分

之百會有女生哭訴「男生都不好好唱啦～」，接著全班同學都會來關心。這是青春

歲月中必然發生的一個事件。

可是，事件的背後其實是這樣──

「那個人為什麼突然哭出來？真好笑。」

「我倒是覺得很不爽。」

「我懂！感覺她很喜歡指揮別人對不對？」

「……不過，她怎麼這麼久還不回來啊？是不是該去找她？」

「妳是說大家一起去找她嗎？哇～我們果然超青春的～」

哎呀，大家真喜歡歌頌青春呢，真是太棒了！

穿過自動門進入店內，氣氛立刻變得喧鬧。

「啊，哥哥！」

小町已經先抵達KTV，坐在沙發上等候。她一看到我們，立刻跑過來。

「嗨～小町～」

「喔，小町，妳已經到啦？」

「妳好妳好，今天承蒙邀請參加慶生會，真是非常感謝。」

「我才要謝謝妳過來捧場。」

「哪裡哪裡，既然是結衣姐姐的生日，哪有不來的道理？」

小町跟由比濱一來一往地相互寒暄。這時，由比濱突然感觸良多地嘆道……

「唉……小町真好……如果有個這樣的妹妹，一定會很快樂……小町，妳要不要
當我的妹妹？啊！我、我不是那個意思喔！」

「笨、笨蛋！妳妳妳說什麼啊？小町是我一個人的妹妹，絕不會交給任何人！」

沒錯，絕對不會！

由比濱聽我這麼說，這次發出另一種嘆息。

「妹控出現了……唉……」

「對不起，小町的哥哥就是這樣……」

「沒關係，這不是小町的錯……」

唔，有種自己變成壞人的感覺，我最好暫時離開這個是非之地。

「對了，還沒有跟櫃檯登記吧？我先去登記一下。」

我離開之後，後面似乎傳來誰的說話聲，混雜在現場的音樂中。

「啊，我也去！」

「唔嗯，我也跟著去吧，誰教此刻沒有屬於我的容身之處！」

「……感覺兩人獨處的時間，被他那悲哀的理由破壞了……」

　　　　×　　　　　×　　　　　×

很好很好，雖然有奇怪的東西混雜其中，至少結衣姐姐還滿努力的，所以小町

可以放心啦。

哥哥他們走向櫃檯後，雪乃姐姐對小町開口：

「小町，上次讓妳幫了不少忙，真是謝謝妳。」

「不會不會，因為是雪乃姐姐的請求啊。哥哥總是給雪乃姐姐添麻煩，所以如果不嫌棄，小町也會盡量提供幫助的！」

「妳們在聊什麼？」

哎呀～雖說是幫忙，但小町其實是幫另外一種忙。嘿嘿嘿～

戶塚哥哥還是一樣可愛，那副興致勃勃的表情，感覺……啊！糟糕糟糕！

「前幾天小町跟哥哥還有雪乃姐姐，三個人一起去買由比濱姐姐的生日禮物。」

「啊，原來如此。聽起來很快樂呢，我也好想跟大家一起出去玩。」

「是啊……不過……哥哥如果單獨跟戶塚哥哥出去玩，好像會更高興……啊！小町開始擔心哥哥會走向奇怪的方向啦！」

哥哥在家裡聊學校的事情時，話題幾乎都圍繞在戶塚哥哥身上，感覺書腰上都可以開一個「今日戶塚」專欄，這點實在很令人擔心。

「雖然不是很清楚，不過妳也真辛苦。我對妳感到同情……」

「事到如今，只能指望雪乃姐姐和結衣姐姐……」

雖然雪乃姐姐總是一副事不關己的態度，小町還是對她抱以期待！

「我跟由比濱同學……是指望我們什麼？我不太懂得該如何體罰別人。」

「不好意思，請不要使用暴力。」

「嗯……施以精神折磨的話，我倒是滿有把握的。」

「帶、帶著燦爛的笑容說出那種話，小町會很困擾的……」

× × ×

櫃檯的店員正在操作管理系統。

「跟您確認一次，來賓是由比濱小姐沒有錯吧？您的包廂是二〇八號，房內已經準備好麥克風和點播機。時間快到時，我們會用電話通知您。」

「好～謝謝。」

由比濱接過放有收據的小盤子。同一時間，材木座向我問道：

「我說，八幡，」

「嗯？什麼？」

「敢問剛才那位即為令妹否？」

「是沒錯……」

我有種不好的預感……

「……那麼大哥，再問令妹何名？以及年齡和興趣。」

「我絕不會告訴你。還有，敢再叫一次『大哥』，我就要揍人囉。」

「唔，真冷淡，不然『哥哥』如何？」

「一樣不行！」

　　　　　　×　　　　　　×　　　　　　×

我們各自拿著裝滿飲料的玻璃杯進入包廂。

戶塚見大家遲遲不敢開口，於是率先舉杯：

「嗯……那麼，由比濱，祝妳生日快樂。」

他說完後，大家一起乾杯。

「生日快樂。」

「生日快樂！」

「嗯……賀正。」

「不對。賀正也是慶祝喜事沒錯，但是跟生日無關……」

雪之下、小町、材木座接連送上祝賀，最後輪到今天的主角──由比濱舉起手

答謝大家。

「謝謝各位～那麼，我要吹蠟燭囉！呼～」

「耶～！」

由比濱吹熄蠟燭後，大家再一次乾杯，然後不知為何開始拍手，的確是慶生會

該有的樣子。

接著，場面沉默下來。

「……」

「咦？大、大家怎麼了？」

「有點像是徹夜吵吵鬧鬧之後的尷尬氣氛……」

由比濱緊張地環視每一個人，小町也不安起來。

只有雪之下跟我鎮靜地面對這片沉默。

「沒有，只是因為我不太習慣這種場面。」

「我們不知道慶生會或慶功宴上該做什麼，所以提不出意見。」

「非常同意，我從來沒受邀參加過慶功宴之類的活動。」

「我則是參加過一次後，再也沒人邀請我。」

我一派輕鬆地說著，結果材木座突然發出勝利的大笑聲。

「哇哈哈哈！太嫩了、太嫩了！你被邀請過一次，不是已經很好了嗎？這樣還自以為是獨行俠，笑死人啦！」

「什麼……看來你根本不懂。我告訴你！我是因為全班都強制參加才去的，而且之後再也沒人邀請我，代表我犯下什麼致命的錯誤！雖然你從來沒參加過，但如果有機會參加，還是可能玩得很高興！所以我才略勝一籌！」

「什、什麼！唔，不愧是專業級的獨行俠……」

「爭奪這種稱號還真難看……我每次都有受到邀請，但一次也沒答應過，所以我才是最厲害的。可以了吧？」

「嗚！這個不服輸的女人！」

根據先前這一段對話，我們無從得知判斷勝負的標準為何。不過對雪之下來說，這場比賽應該該是她獲勝。

戶塚察覺到氣氛不太對勁，連忙出聲打圓場。

「好、好啦，難得的慶生會，我們聊些快樂的事情。對不對，由比濱？」

「咦？嗯～我覺得滿開心的。過去很少有人幫我舉辦慶生會，所以很高興……」

我想由比濱確實很高興，只見她臉上泛起幸福的微笑，流露出滿心喜悅。

「真意外，我以為一年三百六十五天都在 Juicy Party Yeah（註46）。」

「那是什麼英文，我聽不懂……等一下，那是英文嗎？」

「我也不知道是不是英文……不過妳跟三浦那群人不是滿要好的嗎？」

由比濱聞言，稍微思考一下說：

「嗯～雖然偶爾有機會參加慶生會，不過大部分都是我幫其他人慶祝，或是充當現場的工作人員。拿完自己的食物時，慶生會也結束了……」

「原來是這樣……啊，總覺得有點抱歉。」

這種往事真教人傷心，我不禁開口向由比濱道歉，她也尷尬地垂下視線。

註46 日本女性配音員高橋智秋創造的問候語。

「啊，沒關係，我沒有放在心上。」

「……」

我們沉默好一陣子，小町再度露出苦笑。

「……怎麼又變成那種氣氛……小町受不了啦！結衣姐姐，不要想太多，我們來乾杯喝可樂！」

「啊，對喔！」

「耶～」

小町跟由比濱兩人互相乾杯，營造出歡樂的氣氛。

這時，我不禁發出嘆息。

「唉……」

老實說，我實在拿這一類活動沒轍。

其中一個原因，的確在於我從來不曾受邀參加慶功宴或同學會，所以不太習慣。但除此之外，我還感到另一種疑惑。

在我看來，那類活動只是所有人一起歡呼、努力炒熱氣氛所營造出來的效果。

如果那群現實充男女不大吵大鬧，想必會陷入極度的不安。他們似乎認為，只要安靜下來，自己便會成為無趣的人。

因此，他們才拚命找話題、打開話匣子、把場面弄得熱熱鬧鬧，甚至吵得快把屋頂掀翻。這種讓自己看起來很了不起的行為，簡直是威嚇。

「唉……」

「八幡？怎麼回事？為什麼要嘆氣？」

戶塚盯著我的臉問道。

「啊，沒事……只是覺得，這叫什麼來著……慶生會？我還是不知道舉辦慶生會到底應該做什麼……」

「嗯……吃東西、大家乾杯、表演餘興節目？還有……切蛋糕塔？」

「又不是結婚典禮……」

「哈哈，的確。不過，祝福的心意是不會變的。啊，不然我們來切蛋糕吧！」

「……這是我第一次跟彩加攜手合作呢。」

我自動轉換成認真的神情。

「八、八幡……你好狡猾，突然用名字叫我……」

「好，停！蛋糕是由我‧來‧切‧的！」

由比濱突然插話，我也因此恢復理智。

「啊！好險好險，腦中一不小心便閃過戶塚穿婚紗的樣子……真奇怪，他明明是男的。」

「……嗯，真的很奇怪，而且很不舒服。」

由比濱陰沉地回道。我輕輕對她微笑說：

「是啊，果然很奇怪，但不會不舒服。戶塚是男生，所以應該穿燕尾服。」

「你們已經決定要結婚囉！」

這一瞬間，有人用力朝牆壁一捶，「咚」一聲發出巨大聲響。

「哇，嚇我一跳……由比濱，妳那麼大聲讓隔壁包廂的客人生氣了。」

「啊，抱歉……奇怪，這裡不是有隔音嗎……算了，不重要。」

由比濱一邊嘟嚷，一邊伸手拿從廚房借來的刀子。

「那麼，我要切蛋糕了……自、自閉男，你幫忙按住盤子。我、我們兩個人……」

「沒、沒有什麼特別的意思喔……」

她的後半句話幾乎都含在嘴裡，我根本聽不清楚。把話講清楚好不好？妳是跟我一樣坐在理髮廳的椅子上，被造型師問要剪什麼髮型嗎？

「沒關係啦，既然今天是妳的生日，妳只要坐著享受就好，切蛋糕這件事可以交給我跟戶塚。」

「咦～」

「咦……可、可是，這樣對小彩不太好意思……」

「對我就不會不好意思嗎……不然，小町如何？」

「咦？這樣子叫小町切蛋糕，會讓小町被扣分的……如果只是兩個人在家裡還沒關係……哎呀，有點害羞耶。喔，這句話是幫小町加分用的。」

「……煩死了。還是妳要材木座？」

「咦～」

我把希望寄託在材木座身上。

由比濱瞬間露出非常厭惡的表情。

「妳的反應那麼激烈，他有點可憐……」

我出於對材木座的同情，向由比濱提出柔性抗議。

隔壁的材木座聞言，痛苦地按住胸口。

「嗚！我被封印的門扉要開啟了！沒錯，那是我還在平凡的小學，接受軍事訓練時發生的事。該說是命運巧妙的安排嗎？我主動幫忙打飯時，一名女戰士含著眼淚，拒絕我盛給她的咖哩……」

「看吧，妳刺激到他的創傷，角色又開始分裂……」

「啊，我、我不是討厭他的意思。只是覺得，嗯……希望他可以先把手洗乾淨。」

「咕！」

由比濱又給予材木座致命的一擊。

雪之下無奈地看著這一切，稍微嘆一口氣後拿起刀子。

「呼……我來切吧。切東西我很拿手。」

「喔，感覺妳的確很擅長切東西沒錯，像是切斷緣分或理智線。」

「你不也很拿手嗎？你跟他人的緣分不是常常被切斷？」

「為什麼我會變成被切斷的那一邊？而且，我們家篤信佛教，我要切斷自己跟世俗的孽緣，以成為釋迦牟尼為目標。從佛教的角度來說，我的位階超高。」

「你又一知半解地胡說一通……佛教在本質上對『緣』相當重視，釋迦牟尼也用

『因緣』說明『緣』的存在——」

「……雪基百科又出現了。」

「那是什麼亂七八糟的稱呼……算了，不跟你爭這些。我負責切蛋糕，你幫忙固定住盤子。」

「是。」

我依照雪之下的吩咐，輕輕按住盤子。

這時，由比濱慌慌張張地跳出來阻止。

「等、等一下！我看還是我來切吧！一、一想到自閉男跟小雪乃要攜、攜手合作……」

我還是聽不清楚她後半句在說什麼。妳是跟我一樣騎腳踏車騎到一半，被員警攔下來檢查防竊登記嗎？把話講清楚好不好？

不過雪之下好像聽清楚了，她一臉訝異地說：

「這樣嗎？」

「嗯！太好啦！我要做我要做！」

「好，由比濱同學，請妳好好按住盤子。」

「原來是我跟小雪乃攜手合作啊？嗚嗚……心情好複雜……」

×　　　×　　　×

雪之下熟練地將蛋糕切開。

「六等分切得真漂亮……」

「這又不是什麼大不了的事。」

她看著平均切成同樣大小的蛋糕，稀鬆平常地說道。一旁看著的由比濱，則略

帶驚喜地問道：

「哇～真的耶！小雪乃，妳是A型的嗎？」

「妳為什麼那樣認為……」

「沒有啦，因為妳很一絲不苟啊。」

「她不算是一絲不苟，應該說是有潔癖或完美主義。」

「真無聊……血型跟性格怎麼可能有關係。」

雪之下不欣賞血型占卜，全身散發出特有的寒氣。這時，戶塚用溫暖的聲音調

節溫度。

「啊，不過我是A型的，很容易在意小細節呢。」

「喔？感覺戶塚會成為一個好老婆。」

「不要再取笑我啦，八幡……」

戶塚漲紅臉頰，一旁的雪之下則用冰冷的視線看過來。

「雖然不是很重要，但你對待我的態度好像不太一樣……」

「一暖一冷之間，溫度的落差真大。這裡是沙漠型氣候嗎？

打破這股氣氛的，是最擅長此道的材木座大師。

「唔，不過那種占卜至少稱不上是錯誤。據聞AB型的個性是表裡不一，這句話

真是妙哉，連我都會在一瞬間覺醒為另一個自己……嗚！怎麼在這個時候……冷靜

下來！我的右手！」

小町聽了，立刻拍手表示理解。

「如果要玩遊戲，請你去外頭……那麼，由比濱同學是什麼血型？」

「我嗎？我是O型。」

「喔～粗枝大葉的O型對吧！」

「什麼啊？照妳這麼說，A型的人是『欸～粗枝大葉』（註47）囉。」

「糟糕……由比濱同學是O型，看來血型占卜真的有幾分道理。」

「咦？我真的有那麼粗枝大葉嗎？」

「結衣姐姐，不用難過，小町也是O型。」

「妳是憑什麼要她不用難過啊……」

「這個……情況緊急的時候，可以輸血給對方嘛。」

雪之下聽到如此粗枝大葉的回答，浮現驚恐的表情。

「真隨便……血型占卜的可信度越來越高……」

「那麼雪乃姐姐又是什麼血型？真的是A型嗎？」

「B型。」

雪之下乾脆地回答。

「啊，我也開始相信血型占卜了。」

「你好像話中有話……」

「沒有啦～因為很我行我素、總是旁若無人，感覺的確很符合。」

「照那樣說的話，你也是B型囉？」

「哥哥是A型喔。」

小町說完話的瞬間，現場氣氛立刻凝結。

「啊?」

「咦咦咦?」

「喂，驚訝成那樣很沒禮貌耶。」

「噗咻～八、八幡是A、A、A、A型？不可能不可能，絕對不可能！這種隨隨便便又不守時還缺乏協調性的獨行俠，怎麼會是A型！不論怎麼看，他都沒有半點農耕民族的特質。非常謝謝各位。」

「可惡……我要揍人了……」

我恨不得立刻伸出右手，抓住材木座的下巴。這時戶塚有點不知所措地開口：

「抱、抱歉……其實，我也有點驚訝……」

「戶、戶塚……」

我突然覺得快哭出來了。

「啊，不過情況緊急時我可以輸血給你！」

「戶、戶塚～」

我又突然高興地叫出來。

在場不是只有我一個人高興，雪之下的嘴角也泛起淡淡的笑意。

「太好了。多虧比企谷同學，血型占卜的可信度完全被推翻。」

「不是跟妳講過，別笑著說出那種話嗎？我會很受傷的。」

「啊，真抱歉……是我思慮不周，沒考慮到複雜的家庭環境中，出現血型造假的可能性。我向你道歉。」

雪之下道歉時還是充滿攻擊性。

「不准當著我妹妹的面講那種話！萬一到時候發現我們不是親兄妹，我不知道會做出什麼事情啊！」

「小町是親妹妹，所以我還懂得踩煞車。萬一不是，我可是會對她灌注大量愛情。由比濱似乎看穿我的想法，受不了地叫道：

「那根本不算是妹控，已經是個變態啦！」

「不過小町倒是覺得沒關係。啊，這句話有沒有讓小町加分呢？」

「妳的社會性要扣分。我妹妹怎麼也怪怪的！我們果然是兄妹！」

「哎呀～雖然小町跟哥哥的血型不同，性格還是很像。成長環境果然有影響～」

「沒錯，像是喜歡芹菜而且要求很多。」

還有最怕夏天以及容易妥協。

「你們到底是在什麼樣的家庭裡成長……真想見見兩位的雙親……」

「歡迎歡迎！如果介紹雪乃姐姐給家中父母，他們會感動到哭出來喔～」

小町開心地邀請，雪之下則歪頭感到不解。

「為什麼？」

「咦？因為那是哥哥的……」

「比企谷同學的？」

「嗯……沒什麼……奇怪～旗子怎麼沒有立起來呢……」

小町不知道一個人在嘟噥些什麼，聲音又被由比濱的咳嗽聲蓋過去

「嗯嗯，我、我也有點想去看看呢～因為……」

這一瞬間，小町的眼睛發出光芒。

「結衣姐姐，請妳也務必要來我們家玩！既成事實既成事實♪」

「嗯，好！」

這兩人的感情真好，可惜她們忘記一件很重要的事。

「不過家裡有養貓，我看還是算了吧。妳不是很怕貓嗎？」

「糟、糟糕！我都忘了！」

由比濱很明顯地消沉下來，相對的，戶塚則對「貓」這個字立刻產生反應。

「咦？八幡家的貓很可愛呢。」

「是嗎？牠總是一副目中無人的態度。喊牠的名字時，會用尾巴甩地板；半夜啪啪啪喝水的模樣，簡直是妖怪。而且我回家時，牠還會過來聞我的腳臭，然後露出一副呼吸困難的樣子。」

貓這種生物碰到不喜歡的人類時，的確會出現這些行為。不過要說那樣很可愛的話，的確是滿可愛的。

戶塚似乎也喜歡貓，不認同我提出的種種缺點。

「咦～牠好可愛喔～嗯，真想再多摸摸牠……我也可以去……八幡家嗎？」

「可、可以啊……不過要等我爸媽不在的時候。」

「唔，為什麼只有他不一樣？」

材木座，這種事情還需要解釋嗎？

可愛的戶塚讓我為之陶醉。同一時間，我瞥見雪之下扭扭捏捏的模樣。

「比、比企谷同學……那個……我、我也……」

「嗯？」

我聽不清楚，於是再問一遍，但她這次把我的問題擱到一邊。

「沒、沒什麼，大家趕快來吃蛋糕吧，已經切好了。」

「啊，對喔。小町，幫我拿叉子。」

「好～」

我從小町的手中接過叉子時，好像聽到有人微弱地嘟噥……

「唉……貓啊……」

×　　　×　　　×

由比濱把蛋糕送入口中，幾秒後發出佩服的聲音。

「嗯～小雪乃做的蛋糕好好吃～」

「真的嗎？很高興妳喜歡。」

「真的好好吃！雪乃姐姐要結婚，已經沒有什麼問題呢！對不對，哥——」

這時，隔壁包廂又發出巨大聲響。

「呀！」

「又來了……他們有點太吵了吧？」

我不耐煩地瞪一眼牆壁，戶塚則聳聳肩苦笑道：

「是啊，不過KTV本來就會很吵……咦，這個蛋糕裡是不是放了桃子？」

「沒錯，因為現在市面上開始出現好吃的桃子。」

雪之下在蛋糕中加入大量的桃子，味道非常高雅。我哂著嘴品嘗這塊蛋糕，材

木座不疾不徐地開口說：

「八幡，古代的中國認為桃子可以讓人長生不老，是一種相當珍貴的祕方。由此

可見，這的確是充滿喜氣的食物。」

「喔？這麼棒的一則小知識，為什麼只對我一個人說？雖然我很瞭解你的心情

啦。」

「不過，雪乃姐姐真的很會做料理呢～」

小町佩服地說著，但雪之下仍維持平淡的態度，既不得意也不謙虛。

「妳過獎了。小町在家裡應該也會煮飯吧？」

「會。父母都在外面工作，所以由小町煮飯。不過以前是由哥哥負責。」

小町說完後，由比濱猛然站起身大表驚訝。

「什麼！妳說自閉男嗎？」

「是啊。小町升上高年級前，讓她碰刀子跟爐火會有危險。也因為這樣，我的廚

藝在全國小學六年級的學生中，可是數一數二的！」

「那是什麼要自誇不自誇的話……」

雪之下不知該做何感想，不過我才不是要自誇不自誇，而是真的在自誇。

「如果是小六程度的家事，大大小小都難不倒我。我早已做好隨時嫁出去當家庭

主夫的覺悟！我是絕對不會工作的！工作就輸了！」

我如此大聲宣言後，雪之下頭痛似地按住太陽穴。

「又頂著一副死魚眼說那種話……」

「原來自閉男會做菜，不知道我能不能學會……」

「啊，說到做菜，我差點忘了。」

雪之下在書包裡翻找一陣，拿出某樣東西給由比濱。

「來，送給妳。」

「咦？這是什麼？」

「生日禮物。雖然不知道跟妳的興趣合不合……」

「喔，是妳翻閱好幾本平常根本不會看、內容不知所云還有害大腦的雜誌後，挑選出來的玩意兒嗎？」

我剛說完，立刻被雪之下瞪一眼。好恐怖。

「不用你多嘴。」

「小雪乃，妳為了我……謝謝，我可以現在打開嗎？」

「可以……請便。」

雪之下有點害羞。由比濱見狀，對她露出格外開心的笑容，開始打開包裝。

「圍裙……謝、謝謝妳！我會好好珍惜的！」

由比濱看來非常開心，雪之下因此鬆一口氣。

「與其當成裝飾品好好珍惜，不如妳多使用這件圍裙，我會更高興。」

「嗯！我會好好使用！」

「那麼，輪到我了。」

戶塚看著她們兩人，接著在書包裡翻找。

「來，由比濱。因為妳總是把頭髮綁起來，我挑了髮飾送妳。」

「謝謝你，小彩！這個真的好可愛，感覺比我還有少女風⋯⋯」

「小町送的是這個。」

小町同樣是有備而來，從書包裡拿出包裝精美的禮物。

「來，相框。」

「謝謝妳，小町！」

「本來還想附上照片一起送給由比濱姐姐，可是家裡只有一堆死魚眼的照片⋯⋯」

該說相機實在拍不出好看的照片嗎？

「啊～果然拍成照片也是一副死魚眼⋯⋯等一下，那種照片我一點都不想要！」

儘管由比濱這麼說，還是顯得很高興。

材木座看到大家各自送出禮物，不禁搔搔頭皮。

「嗯⋯⋯這下不妙，倉促之下實在無暇準備禮物。」

畢竟他是臨時決定參加，要是真的有準備禮物才可怕。由比濱也這麼認為，所以對他輕輕一笑，溫柔地說：

「你不用放在心上。」

「對了！我在自己手寫的原稿上簽名送給妳──」

「……你不用放在心上。」

由比濱兩次說的話都一樣，但第二次的口氣降到絕對零度。

「咕呵，被拒絕了！咳咳，既然如此，就把我的『動畫歌曲一〇〇自選集』ＣＤ送給妳。」

他不解地回頭看我。

「唔、為、為什麼你會用快哭出來的表情阻止我，真是反常。」

「材木座，住手！絕對不要那麼做！」

一聽到這句話，我立刻抓住材木座的肩膀阻止他。

「總覺得這句話有點耳熟……」

「沒辦法，只好跟你說了……這是我朋友的朋友的故事……」

由比濱頗感納悶，我則娓娓道來：

「國中時，那個人有個心儀的女生。對方很喜歡音樂，隸屬於管弦樂社。那個人在對方生日的那一天，鼓起勇氣送出生日禮物。他想到對方非常喜歡音樂，因而徹夜不眠地做一張自己推薦的動畫歌曲集。他在選曲上還格外用心，刻意避開太宅、歌詞太直接的情歌。」

「嗯，那份心意值得嘉許。」

「但我已經想像得到後果……」

材木座跟雪之下各自發表意見，不過接下來才是重點。

那個人見對方收下禮物，感動得快要流下眼淚。想不到，隔天便發生悲劇。中午的營養午餐時間，負責校內廣播的同學俏皮地介紹歌曲，聲音傳達到校園各處：

『嗯～接下來呢，是二年C班阿宅谷八幡同學……噗呵呵呵，他點播給山下同學的情歌～』

「夠了！八幡，別再說！」

「可惡！」

材木座激動地抱住我，我在他的懷裡流下淚水。由比濱則將視線瞥向一旁，避免直視這個畫面。

「果然是自閉男的往事……」

「笨蛋！那才不是我的往事，是阿宅谷的！」

我大聲地反駁由比濱，然而在場沒有任何人相信，連雪之下也浮現超越同情、幾近恐懼的神情。

「我實在太小看比企谷同學……你比我想像的還要嚴重……」

「直到哥哥畢業後，『阿宅谷』這個名字仍然繼續流傳下去。小町還得裝成不認識哥哥，那段日子真辛苦……」

「八幡已經成為傳說呢……」

在我微弱的哽咽聲中，大家紛紛輕聲說道，但聽在我的耳裡，只覺得更加傷心。

「哎呀～～真的非常感謝大家～～我想這是我最快樂的一次生日！」

由比濱望著堆成小山的禮物說道，雪之下只是聳聳肩。

「妳真是誇張。」

「哪有？人家是真的很高興！雖然過去爸爸媽媽幫我慶祝生日時，的確也很高興，不過，今年的感覺特別不一樣……謝謝妳，小雪乃。」

「……我、我只是做該做的事而已。」

雪之下別過頭，由比濱依然高興地看著她。說不定這真的是一個很棒的生日。去年我生日的時候，只拿到一萬圓的現金，而且連買蛋糕的錢都算在裡面。

「不過那樣聽來，妳家的感情很和睦呢。」

「嗯，我也差不多，剩下的錢大概是拿去買肯德基。」

「咦……只、只有那樣嗎？我們家都會準備蛋糕，隔天早上醒來時，床邊還會出現禮物……」

「你是不是跟別的節日搞混了？」

但如果是戶塚，的確會希望他能過一個最棒的生日。戶塚的爸爸媽媽，你們做得真好！

相較之下，我們家……

　　　×　　　×　　　×

正當我浮現這個念頭時，小町搶先一步開口。

「其實只有哥哥受到那樣的待遇，小町過生日時，大家會一起去買禮物、聚餐，然後買蛋糕回家。」

「該不會只有比企谷同學不受寵愛吧……」

「啥！妳在說什麼傻話？我可是超受寵愛的！我還打算再讓父母養個二十年，如果得不到寵愛可是很麻煩的！」

「這種兒子真討厭……」

由比濱似乎真的感到厭惡，讓我有些受傷。這時，小町苦笑著為我緩頰。

「可是，我們家的父母的確很隨便……」

「他們隨便的程度，連我都有點看不下去。」

「配你剛剛好……」

雪之下說得很不客氣，但事實根本不只如此。

「他們甚至因為我在八月八號出生，直接取了『八幡』這個名字。」

「這真的很隨便耶！」

沒錯，我也這麼認為。然而，雪之下並不這樣想。

「名字不就是那樣取的嗎？我也一樣，只是因為在下雪的日子出生，家人便取了這個名字。」

「哎呀，想不到還有人跟我一樣。不過，「雪乃」這個名字感覺跟「雪之下」很

合，所以我沒有多說什麼。

小町似乎和我抱持一樣的想法。

「可是，『雪乃』這個名字很好聽喔。」

「謝謝妳，我並不討厭，而且滿喜歡的。我認為『小町』這個名字也很好聽，很適合妳。」

「雪、雪乃姐姐……」

「夠了，雪之下，不要誘惑我的妹妹。瑪莉亞正在看喔。」

我彷彿看見她們的背後開出一片白百合。破壞這股氣氛的人，想當然耳是我們的材木座大師。

「咳咳，看來大家都是由自己的父母決定名字。」

「嗯？難道你不是？」

我這麼一問，他立刻把身體往前傾。

「吾名乃自非常遙遠的過去繼承而來，如果真要說是誰賦予這個名字……那便是『命運』吧。」

「喔～」

一點都不重要。

「嗯，附帶一提，那個字寫做『命運』，讀做『祖父』。」

「你一開始便說是祖父取的不就好嗎……」

嗯，真是徹徹底底一點都不重要。

這時，戶塚的資料傳了進來，重要性大幅提升，來到最高機密的等級。

「啊哈哈，看來我的名字最普通。父母取這個名字，只是希望我能為自己的人生添加色彩。」

「這即為『人如其名』，戶塚的確為我的高中生活添加不少色彩。」

「討厭～不要開玩笑啦！我會生氣喔！」

真想讓他生氣看看⋯⋯我原本認真的表情，瞬間轉為幸福的笑容。戶塚這時忽然想到什麼，轉而向由比濱提問。

「對了，為什麼妳的名字叫做『結衣』呢？」

「咦？我嗎？嗯⋯⋯我沒有問過耶⋯⋯」

「既然今天是妳的生日，不如回去後問問看父母親吧？我想妳是一個很受雙親寵愛的孩子，他們一定會告訴妳很多內容。如果方便的話，改天再和我分享。」

「小雪乃⋯⋯」

「喂～雪之下，這次連釋迦牟尼都在看囉！」

我這次彷彿看見雪之下的背後出現曼陀羅。會不會太浪漫？

「不過，不管是自閉男、小雪乃、小彩還是中二，大家的名字背後都有含意呢⋯⋯啊！」

「怎麼回事？」

我這麼一問，由比濱顯得有些落寞。

「沒、沒什麼……只是突然想到。我們的綽號也都是妳取的，只有我還沒有綽號。」

「算了吧。我可是一點都不喜歡。」

「剛開始我同樣很排斥，但是妳一直改不掉，所以最後我也放棄了……」

「唔，中二這個名字讓我有點受傷……」

面對接二連三的否定，由比濱露出不解的表情。

「咦？為什麼？我覺得很好啊。」

「啊，我、我並不介意，而且『自閉男』這個綽號滿可愛的。」

「歷代……所以你之前也被取過綽號嗎？」

雪之下對我問道。

「沒錯，讓我們進入『被同班同學取的難聽綽號前三名』單元。」

「怎麼突然變成聽起來很討厭的單元……」

由比濱有點傻眼，小町倒是興致勃勃地加入。

「也是啦。跟我歷代幾個綽號相比，現在這個還算可以。」

戶塚如此打圓場，讓由比濱恢復心情。

「沒錯吧～」

「小町是助理主持人～那麼，現在即將公布第三名！」

我配合小町的演出，準備依照名次一一公布。

「第三名……」

「登登！」

材木座也模仿緊張時刻的鼓聲，我稍微醞釀一下氣氛後——

「……『一年級比企谷同學的哥哥』。」

我公布名稱的瞬間，雪之下滿可憐的露出悲傷的表情。

「被班上同學那樣叫，確實滿可憐的……那根本是完全否定你的存在……」

「那不是哥哥的錯！是小町表現得太過突出，才造成那個悲劇！」

我忍住淚水繼續公布。

「第二名……」

「登登！」

材木座發出一陣鼓聲之後，現場完全安靜下來。

「『那邊那位』。」

「嗯，這個我有印象，大家的確偏好使用這一類指示詞。沒辦法，誰叫我的名字太了不起，大部分的人都不敢直接稱呼。」

材木座非常自然地插進來解說。之後當然還是由小町繼續主持……

「接下來是最具衝擊性的第一名！」

「第、第一名……」

「登登！」

我即將將公布時，材木座再度敲響鼓聲。

「咕嚕……」

在場所有人都吞一口口水，等待我說出答案。

「我、我實在說不出口……」

不行，那個名字我真的說不出口。我再也無法忍受，淚水頓時落下。這時，戶塚溫柔地輕撫我的背。

「想不到那麼嚴重……八、八幡，你不用勉強自己說出來喔。」

「謝謝你，戶塚……」

我抽泣到一半，由比濱無情地開口……

「既然這樣，你何必一開始就挖自己的瘡疤啊……」

「吵死了！還不是因為妳對綽號抱持莫名其妙的想像，我才要讓它幻滅！」

「不過，我認為只是比企谷同學比較例外……」

雖然雪之下這麼說，但我敢說，大家一定都有不少這樣的綽號。綽號這玩意兒根本不是什麼好東西。不知小町究竟明不明白我的心情，她對大家提議……

「啊，不然這樣好了，大家一起幫結衣姐姐想個好聽的綽號吧。」

「小町真是個好孩子！好～那麼從今天開始，小町的綽號就是『町町』！」

「天啊，結衣姐姐真沒有品味……」

「咦，真的假的……虧我還很有把握……」

由比濱稍微受到打擊。戶塚沒有理會，專心地思考著。

「嗯……綽號啊……『小濱』怎麼樣？」

那個『濱』字是『海濱（beach）』的『濱』吧？不錯喔，戶塚。既然海濱的發音跟蕩婦（bitch）很像，乾脆直接叫『蕩婦』如何？」

「我早就說過不要叫我蕩婦！駁回！」

「嗯～如果叫『結衣大姐姐』，是不是能讓小町加分呢？」

「等一下，不准考量自己的利益！而且太丟臉了，駁回！」

「嗯……『千葉的暗黑白虎』。」

「綽號跟別名是兩回事……而且那樣到底是黑色還白色，分清楚好嗎？」

「不用多說，駁回！」

在戶塚之後，包括我、小町跟材木座的提議接連被打回票。接下來，輪到雪之下信心滿滿地登場。

「那麼……小結衣怎麼樣？」

「咦～聽起來好詭異……」

雪之下聽到自己的提議被瞬間否決，眉毛不禁顫一下。

「妳不想想自己的品味怎麼樣，還如此挑剔……既然如此，不如妳自己想一個吧？」

於是，由比濱開始動腦筋。

「自己幫自己取綽號還滿奇怪的⋯⋯」

「妳大概還沒有自覺，不過那就是妳的寫照。」

「閉嘴！我完全不覺得自己奇怪，應該說非常正常。」

雪之下也點頭同意。

「沒錯。非常普通，非常平凡。」

「妳那樣講讓我有點受傷⋯⋯」

「雪之下難得會誇獎人呢。」

「什麼？那種話算是小雪乃的誇獎嗎？」

「以雪之下的標準來說，沒被說是垃圾或人渣，便是很好的稱讚。好啦，快點想

想妳自己的綽號。」

「嗯⋯⋯可是突然要我想出一個綽號⋯⋯啊。」

由比濱靈光一現，戶塚立刻投以期待的眼神。

「想到了嗎？」

「嗯，我的名字是由比濱結衣，所以⋯⋯就叫『由由』吧。」

「噗！」

「噗！」

「喂！你在笑什麼！」

我忍不住噴笑出來。喂，妳在開玩笑嗎？那種綽號未免太丟臉。

由比濱對我發出抗議，但雪之下同樣擔心地看著她。

「妳是自虐狂嗎？為什麼幫自己取那麼丟臉的綽號？如果妳有什麼煩惱，可以找

我談談⋯⋯」

「竟然那麼認真地擔心我！」

另一方面，戶塚和小町似乎可以接受。

「我覺得不錯啊，滿可愛的。」

「沒錯～很有結衣姐姐的風格。」

由比濱聽到這些話，重新燃起自信。

「沒、沒錯吧！我一點也不覺得奇怪！」

「嗯～～由本人說那種話好像有點⋯⋯」

「竟然露出曖昧的笑容別開視線！」

正當她抱頭發出呻吟時，一個意想不到的援軍參戰。

「唔，我想多叫幾次之後應該能夠習慣。當初我繼承劍豪將軍這個名號時，也覺

得很不適應，不過經過三天，也就變得很理所當然。」

「中二，你說得真好！但是請不要把我跟你相提並論。」

「嗚嘻ｗ」

由比濱擊沉前來幫忙的援軍，再度轉向雪之下。

「所以小雪乃，試著叫叫看嘛。」

「絕對不要。」

「哇～雪乃姐姐閃電拒絕⋯⋯」

雪乃下拒絕的速度超快，連小町都為之卻步。接著，由比濱一臉可惜地轉向我。

「唔唔唔⋯⋯那麼，自閉男，你叫一次看看⋯⋯」

「啊？那麼花俏又夢幻的名字，我實在說不出口⋯⋯」

其實我純粹是覺得太丟臉，無論如何都不肯開口。

有一瞬間，由比濱我對上視線，然後又立刻撇開。

「⋯⋯不、不然⋯⋯『小由』也可以。」

她也覺得這個綽號不太好意思，指尖緊緊捏著裙襬，同時別開略微泛紅的臉頰。

「唔，看來綽號的定義正在逐步瓦解。」

「中二先生，現在的氣氛正好，請暫時安靜一下。」

「是、是的⋯⋯」

接下來短短一陣子，整個空間陷入沉默。

「自閉男⋯⋯」

由比濱緩緩抬起潮溼的雙眼，認真地望向我。

「小⋯⋯小⋯⋯啊，對啦，把有困難的地方拿掉變成『比濱小姐』，不就成為綽號嗎？」

「你說什麼也不肯叫我『結衣』啊！」（註48）

註48　「由」與「結衣」的日文發音相同。

「哥哥真沒用……」

由比濱感到一陣錯愕，小町也看不起我似地喃喃抱怨。可是，那樣真的很丟臉嘛……

「算了，就那樣吧……」

「總而言之……大家直接用名字稱呼由比濱同學即可，對吧？」

關於由比濱的綽號，最後還是沒有達成共識。雪之下社長做出如此結論：

　　　　×　　　×　　　×

戶塚雙手捧著玻璃杯，用吸管喝飲料。

「嗯？喔，那我去拿。」

「啊，飲料喝完了。」

「知道了。那麼，我要咖啡。」

我輕輕接過他的杯子，順便也把自己的拿起來。戶塚發覺我的用意後，露出笑容說：「謝謝。」

「知道了。其他還有誰要裝飲料嗎？」

我環視全場，雪之下迅速端起杯子。

「比企谷同學，我要紅茶。」

「是。」

「那麼～小町要可樂。」

「好。比濱小姐呢?」

我接著問比濱小姐,但她把臉撇向其他地方,沒有回答我的意思。

「……哼。」

「比濱小姐?」

「嗚……哼!」

我再問她一遍。這次她生氣地看我一眼,接著立刻把頭轉回去。我搔搔頭,不知該拿她怎麼辦。沒辦法,只能那樣叫她看看。

「那個……由由,妳要不要喝什麼?」

「啊,抱歉,還是別用那個綽號叫我……」

由由對我合掌道歉。

「好,那麼可樂沒問題吧,結衣?」

「不要那樣叫我啦!我跟小町一樣就好!」

「不用不好意思。由由,妳想喝什麼?」

「真煩……咦?」

她呆愣一下,雙眼連連眨個不停。嗯,該怎麼說……剛才是我不小心講錯了。

剩下材木座還沒問。

「材木座,你要喝什麼?咖哩?」

「想把我當成團體裡的大塊頭不成……我要超神水（註49）。」

「我知道了，汽水對吧？」

「這樣也能溝通……哥哥跟中二哥哥的感情真好……」

×　×　×

「嗯……咖啡、紅茶、可樂，還有……咖哩嗎？」

我在飲料區幫大家裝飲料時，一直聽到很大的歌聲和音樂聲。從聲音傳來的方向判斷，應該是來自我們隔壁的包廂。

「喔，隔壁真熱鬧。他們吵成那樣子，還敲我們的牆壁，的確造成我們不少困擾……去提醒他們一下吧……」

我從來不曾為自己輕率的舉動如此後悔過。如果我沒看到那幅駭人的景象，今天便能帶著滿滿的幸福回家。想不到自己竟然得目睹那種悲劇……

我走到他們的包廂前輕輕敲門，但是聲音被裡面的音樂掩蓋。

「嗯？他們沒聽見嗎？那我來偷瞄一下。」

我小心翼翼地轉動門把，從細小的門縫看進去。

註49　傳統的特攝戰隊影集中，黃色戰士通常是喜歡吃咖哩的胖子。「超神水」則是漫畫《七龍珠》裡，傳說喝了可以增強功力的水。

「咦……那是……平塚老師？嗯，看她只有自己一個人，八成是平塚老師沒錯。」

平塚老師總是獨來獨往，所以我應該沒有認錯人。

她手握麥克風，無力地盯著螢幕發呆。

「呼……一切的情歌都是詐騙、都是欺騙、都是謊言，通通給我爆炸吧……完全提不起勁唱歌……

聽到這裡，我連忙關上包廂門，但依然無法隔絕裡面傳出的哽咽聲。

隔壁還在聊結婚什麼的，那麼高興……現實充，通通給我爆炸吧……」

「嗚嗚嗚……平、平塚老師……拜託哪個男人快來娶她吧……啊，不妙，她往這裡來了。」

我隔著門察覺到裡面有動靜，趕緊離開門口跑向飲料區，裝作什麼也沒看見。

接著，平塚老師滿臉疲憊地走過來。

「唉，嘴巴好乾……咦？比企谷，想不到你在這裡。」

「辛、辛苦了。倒是老師為什麼會在這裡……」

她一時之間不知該如何回答，但馬上恢復平常的模樣。

「我嗎？我是……來這裡抒發壓力。你呢？喔，我想起來了，是來參加由比濱的

慶生會對吧。玩得還愉快嗎？」

「嗯……是啊。」

老師忽然流露溫和的笑容。

「這樣啊……不好意思，讓我抽根菸。」

接著，她從胸前的口袋掏出香菸，含在嘴上點燃，吐出的煙霧飄散至空中。

「這一陣子你已有點改變呢。如果是過去的你，根本不可能參加別人的慶生會。不管這段期間究竟發生什麼事，看到自己的學生有所成長，身為老師實在很高興。」

「老師……」

「不過，比企谷，現在的你仍然覺得生活中充滿欺騙、虛偽吧？沒有關係，強烈的猜疑心正是你不斷動腦思考的證據。我不求現在便看到結果，但希望總有一天，你能找出屬於自己的答案。」

原來老師真的有在觀察我。

她對現在的我既不否定也不肯定，而是站在一旁觀察。

這麼一想，我感覺到心裡流過一陣暖流。

「……老師，既然我們剛好遇到，妳要不要來慶生會露個面？」

「嗯？聽你邀請我，我是很高興……但是傍晚已經跟由比濱說我有活動，萬一他們發現我是被趕出聯誼……沒關係，還是算了，突然打擾你們的慶生會也不太好。」

「沒有那種事。即使老師要唱年代跟我們相差很遠的歌，我們還是可以幫忙打拍子。」

我特別為老師著想，老師卻不知為何握緊拳頭。

「比企谷，給我咬緊牙根……衝擊的──第一拳！」

「話說回來，想不到這裡也有飲料吧，我還以為那是家庭餐廳的專利。」

「沒有沒有，大部分的KTV都有這一類東西。」

我聽到雪之下和由比濱的對話，接著插入小町的聲音。

「說到這個，為什麼會選擇KTV呢？如果想要無限暢飲，不是應該去家庭餐廳嗎……」

「因為這裡有獨立包廂吧。」

「原來如此。不過，既然都來到KTV，感覺應該唱幾首歌呢。」

戶塚幫忙回答問題後，小町以憐憫的語氣如此說道。

由比濱感受到她的意圖，率先表示贊成。

「沒錯！哎呀～剛才的氣氛實在不適合唱歌，所以我一直沒有提～」

「妳還是那種個性，喜歡折磨自己。明明不用顧慮那麼多……而且，今天是妳的生日，稍微任性一下我們也會聽的。」

「小雪乃……那、那麼……」

這段對話從包廂內傳出，我手拿飲料，輕輕敲幾下門。

「喂，幫忙開門。」

「哥哥回來了！」

× × ×

「八幡，我來囉！」

戶塚快步走過來，幫我開啟包廂的門。

「謝啦，戶塚。」

我的聲音多一層淡淡的哀傷，他擔心地抬頭看我。

「咦？你怎麼了嗎？是不是發生什麼難過的事……？」

「沒有，沒什麼。我完全沒遇到任何難過的事……」

沒錯，剛才什麼事都沒有發生，也沒有一臉哀傷的單身女教師……我受到一記拳頭攻擊，記憶跟著喪失。要不是如此，我真的會覺得有些難過。

我把放滿玻璃杯的托盤置於桌面，材木座看起來相當不高興。

「太慢了，八幡！別丟下我一個人這麼久，害我只好玩起手機遊戲！」

「吵死了！獨行俠在這種地方就應該比誰都勤快，免得受到別人哀憐的視線！」

「天啊，這是什麼討厭的技能……」

小町在不該佩服的地方感到佩服。

材木座似乎也認同我的理論，沉吟一陣之後，往膝蓋一拍。

「唔唔唔……好，我允許你下次要去裝飲料時，可以找我一起去！」

「你是在傲嬌什麼……來，雪之下，妳的紅茶。」

我把玻璃杯遞過去，雪之下直截了當地接下，回到先前和由比濱的話題。

「謝謝你。那麼，我們剛才說到哪裡？」

「喔,我是想說我們一起唱歌吧,一個人唱有點不好意思。」

「絕對不要。」

雪之下再度閃電拒絕。

「咦!妳不是才說什麼要求都會聽嗎?」

「我並沒有說那種話……」

「好啦好啦,由比濱,妳放過雪之下吧。」

「真的嗎?」

由比濱愣愣地問著。雪之下頓時挺起胸脯,手放在胸前驕傲地說道:

「呵,我可不想被你瞧不起。不論是小提琴、鋼琴、電子琴,音樂方面我多少有點涉獵。」

「又彈鋼琴又彈電子琴有什麼意義嗎……」

總而言之,雪之下大概想表達她在音樂上有很高的素養。

「我並不排斥唱歌,只是不確定自己的體力夠不夠唱完一整首歌。」

「體力未免太差了……」

那樣子有辦法活下去嗎?

這時,由比濱拉拉她的袖子。

「小雪乃,兩個人一起唱的話,只需要一半的體力喔。」

「那是怎麼算的……好吧,既然妳都那樣要求,我便陪妳唱一首。」

「萬歲！」

由比濱成功說服雪之下，興奮地歡呼。這時，小町伸手去撥點播機。

「妳們唱完後，小町也唱一下吧～戶塚哥哥呢？」

他們兩人拿著點播機仔細研究一會兒後，戶塚指向其中一首。

「嗯……我想唱這首歌。」

「那是女歌手的歌喔。」

「啊，是喔……不知道我唱不唱得上去……」

「戶塚哥哥應該完全不用擔心這個問題……還是不放心的話，小町可以幫忙。」

戶塚原本不太有把握，聽了小町的話之後，立刻換上燦爛的笑容。

「真的嗎？我一個人唱也有點不好意思……」

「唔！這、這是……小町理解哥哥會失去理智的原因了……」

「喔？妳終於理解了嗎？不過我才沒有失去理智。」

「嗯……看來大家都要兩兩一組唱歌。」

不知為何，材木座稍微往我的位置挪動過來。

「喂喂喂，等一下，這樣不對吧？現場的男女生不是一半一半……喂，為什麼我得跟你一組！」

他完全不理會我的抗議。

「呼……是時候展示我的動畫歌曲資料庫。我看看，從九〇年代後半開始吧。」

「喂，雖然我也很喜歡那時期的歌，但是不想跟你一起唱！」

「喂喂喂，現在你還說那種話，只會增加我的困擾。我也不想一個人在這種場合唱歌啊！如果我開口，現場氣氛一定會變得很尷尬。」

「你滿有自覺的嘛……既然這樣，你乾脆不要唱，乖乖坐在角落用膝蓋打拍子。」

「不行，忍不住了！我要唱！到時候請給我最好的橘色螢光棒！」

「啊，那麼我跟小雪乃唱這首。」

「螢光棒的顏色不重要！」

再說，我們很明顯是最冷的一組，到時候根本不會有橘色螢光棒這種選擇。

正當我們吵些三有的沒的沒的時，其他兩組皆迅速做好準備。

「可是我沒聽過那首歌……等一下，妳有在聽我說話嗎？」

由比濱沒聽進雪之下的話，逕自快速地把歌曲號碼輸進機器。

「嗯……確認鍵在……」

「這裡這裡。」

接著，機器發出一陣嗶嗶聲。

「嗯～啊～Dividing Driver！嗯，喉嚨的狀況還不錯。」

「等、等一下！至少、至少讓我跟戶塚合唱一首！」

材木座認真地發出「GAGAGA」的聲音練習發聲時，機器響起冰冷又不帶感情的語音…

『現在即將播放音樂。』

雪之下輕嘆一口氣。

「……唉，真是的。」

「嘿，小雪乃，要開始囉！」

「由比濱同學，給我麥克風。」

「想不到妳意外地有幹勁啊！」

慶生會上找不到自己的容身之處，聊綽號時踩中自己的心靈創傷，唱歌時還得跟男生同一組……果、果然……我的青春戀愛喜劇搞錯了……

×　　　×　　　×

KTV的自動門開啟，由比濱一面舒展筋骨，一面走向店外。

「嗯～～唱得真滿足！偶爾唱一下歌真快樂。小雪乃，我們下次再來吧！」

「不要。和妳一起來，就得跟著唱一大堆歌……一首唱完了，竟然還得再奉陪五首……」

雪之下第二個走出店門。由比濱聽到她厭煩地這麼說，立即發出哀求。

「咦～～妳唱得那麼好，下次再一起來嘛～～」

「啊，還有小町！小町也想再一起來！」

小町飛奔到雪之下的身旁。雪之下夾在兩個人之間，臉頰稍微泛紅。

「……好吧，偶爾陪妳們來一下是無妨。」

「嗯，謝謝。也謝謝妳今天辦的慶生會。得到這麼多人的祝福，我真的很高興。」

「這不要謝我，是他找來這麼多人。」

「對、對喔……自閉男～」

我跟在她們之後踏出店門，看見由比濱把頭轉向我。

「嗯？」

「那個，今天謝謝……咦？」

她說到一半，突然不可置信地看向我身後。我跟著回過頭，發現自動門的門口出現一道人影。

隨著一陣機械聲，一名女性走出來。

「唉……又一個人虛度這麼久的時間。算了，反正回去也是獨自一人……呵呵。」

見到那名女性自嘲地笑著，由比濱不由得震驚地問：

「平塚老師？您不是去參加活動嗎？」

「由、由比濱！你、你們怎麼還在！」

平塚老師驚慌失措地看著我們。

我一聽到「活動」這個字眼，腦中立刻閃過一個念頭，忍不住脫口而出：

「老師參加的活動，該不會是……聯誼……」

「……進行得不順利嗎？」

雪之下的語氣中帶有同情，由比濱也努力安慰老師。

「老、老師？沒、沒關係啦，結婚本來就不代表一切。老師的工作穩定，又那麼

厲害，即使是一個人也可以過得很好，所以請打起精神！」

然而，平塚老師聽完她的安慰，眼眶反而溢出淚水。

「嗚、嗚嗚嗚嗚嗚……過去也有人跟我說過同樣的話……」

這句話聽在我們耳裡，都覺得難過。這時，平塚老師突然飛奔出去。

「啊，老師逃走了。」

老師逐漸遠去的聲音，迴盪在夜晚的街道，產生都卜勒效應。

「唉……好想結婚……」

（BONUS TRACK！「像這樣的生日快樂歌」完）

浮文字

果然我的青春戀愛喜劇搞錯了紀念套書（1～3）

（原名：やはり俺の青春ラブコメはまちがっている。1～3 スペシャルパック）

作者／渡航　　封面插畫／ponkan⑧　　譯者／Runoka
發行人／黃鎮隆　　副總經理／陳君平
副理／洪琇菁　　國際版權／黃令歡　　原書設計／original design：numata rina
執行編輯／呂尚燁　　美術編輯／李政儀
企劃宣傳／邱小祐

出版／城邦文化事業股份有限公司　尖端出版
台北市中山區民生東路二段一四一號十樓
電話：（〇二）二五〇〇七六〇〇　傳真：（〇二）二五〇〇一九七九
E-mail：7novels@mail2.spp.com.tw

發行／英屬蓋曼群島商家庭傳媒股份有限公司城邦分公司　尖端出版
台北市中山區民生東路二段一四一號十樓
電話：（〇二）二五〇〇一七六〇〇（代表號）
傳真：（〇二）二五〇〇一九七九

中彰投以北經銷／槓彥有限公司
電話：（〇二）八九一九一三三六九
傳真：（〇二）八九一四一五五二四

雲嘉經銷／智豐圖書股份有限公司　嘉義公司
電話：（〇五）二三三二三八五二
傳真：（〇五）二三三三六三

南部經銷／智豐圖書股份有限公司　高雄公司
電話：（〇七）三七三〇〇七九
傳真：（〇七）三七三〇〇八七

一代匯集／香港九龍旺角塘尾道六十四號龍駒企業大廈十樓B&D室
電話：（八五二）二七八三八一〇二
傳真：（八五二）二三九六〇

馬新總經銷／城邦（馬新）出版集團　Cite(M)Sdn.Bhd.
E-mail：Cite@cite.com.my

法律顧問／王子文律師　元禾法律事務所
台北市羅斯福路三段三十七號十五樓

二〇二〇年九月一版一刷

■中文版■

郵購注意事項：
1. 填妥劃撥單資料：帳號：50003021戶名：英屬蓋曼群島商家庭傳媒（股）公司城邦分公司。2. 通信欄內註明訂購書名與冊數。3. 劃撥金額低於500元，請加附掛號郵資50元。如劃撥日起 10～14日，仍未收到書時，請洽劃撥組。劃撥專線TEL：(03) 312-4212 · FAX：(03) 322-4621。E-mail：marketing@spp.com.tw

國家圖書館出版品預行編目資料

果然我的青春戀愛喜劇搞錯了。3/ 渡航 著;涂祐庭譯
—1版.—臺北市:尖端出版, 2013.03
面 ; 公分.—(浮文字)
譯自:やはり俺の青春ラブコメはまちがっている。3
ISBN 978-957-10-5184-0(平裝)

861.57   101015957